重读隋炀帝
——中国帝王史上极具才华的诗歌向导

武庆新◎编著

中国商业出版社

图书在版编目(ＣＩＰ)数据

重读隋炀帝：中国帝王史上极具才华的诗歌向导 / 武庆新编著．—北京：中国商业出版社，2016.2
 ISBN 978-7-5044-9301-9

Ⅰ．①重… Ⅱ．①武… Ⅲ．①隋炀帝（569~618）-古典诗歌-诗歌研究 Ⅳ．①I207.22

中国版本图书馆 CIP 数据核字(2016)第 022605 号

责任编辑：孙锦萍

中国商业出版社出版发行
010-63180647　www.c-cbook.com
(100053 北京广安门内报国寺 1 号)
新华书店总店北京发行所经销
北京建泰印刷有限公司印制

★

787×1092 毫米　16 开　16 印张　250 千字
2016 年 3 月第 1 版　2016 年 3 月第 1 次印刷
定价：30.00 元

★ ★ ★ ★ ★

(如有印装质量问题可更换)

前 言

> 隋炀不幸为天子，安石可怜作相公。
> 若使二人穷到老，一为名士一文雄。

文化名人南怀瑾先生在提及隋炀帝时，曾引述这样一首诗慨叹杨广的才华和命运。确实如此，隋炀帝作为君王，是不幸的。自隋朝灭亡以来，末代君主隋炀帝便被盖棺定论，公认为中国历史上最荒淫无度的昏君、暴君之一。千余年来，铁案如山。

然而，这或许是中国传统文化中的一大顽疾，大凡给人盖棺定论时，总脱离不了"一俊遮百丑"或"一丑遮百俊"之怪圈。如此这般，往往使我们对历史人物的评价有失偏颇。隋炀帝荒淫不假，贪玩亦真，但人有多面，事有正反，很多时候，帝王、名人身上的污点，往往被人们心理的愿望和诉求无条件地放大了。

事实上，隋炀帝并非全然是一个昏庸无能之辈，而是一个

重读隋炀帝
——中国帝王史上极具才华的诗歌向导

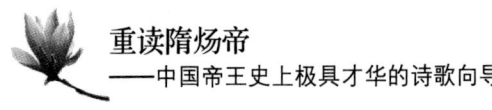

具有雄才大略的千古帝王。《隋书·隋帝纪》中言炀帝"少敏慧,美姿仪",其弱冠平陈,一统天下,显示了马背上的功力;迁都洛阳,开凿大运河,功在当代,利在千秋;开疆扩土,平定吐谷浑,通丝绸之路,非千古一帝不可为;开创科举,重视教育,冲破世家大族垄断仕途的局面,起到了抑制门阀的作用。

只不过,他拥有着过于强烈的诗人情怀,过重的理想主义"包袱",以致于太"折腾",以至动摇了国本。但也正因为这样,使他成为了一位意气风发的伟大诗人。

隋炀帝杨广在诗歌上的成就是可圈可点,令人称道的。《隋炀帝集》便显示了其深厚的文学功底。对于《隋炀帝集》,唐太宗李世民翻阅之后曾说:"朕观《隋炀帝集》,文辞奥博,亦知是尧、舜而非桀、纣"。

仔细观之,隋炀帝的诗歌把文人和帝王的气质完美地结合在一起,虽深受梁陈宫体诗的影响,但仍多有创举。隋炀帝之制新乐府,为诗歌格律化的成书做出了巨大的贡献。他拓展了诗歌题材,尤其以边塞诗歌开拓宏阔激昂的新气象,启发了盛唐边塞诗的先声。他的诗歌一定程度上实现了南北诗风的融合,促进了诗歌的发展。在齐梁至初唐这一段由南北诗风向盛唐气象转变的历史上,隋炀帝起了相当大的作用。另外,他的诗歌亦不乏精工之作,开初唐近体之先声。可以说,隋炀帝诗歌的文学成就是极高的。

而且,后人对隋炀帝诗篇的评价是极高的。"混一南北,炀帝之才,实高难群。""隋炀起敝,风骨凝然。隋炀从华得素譬诸红艳丛中,清标自出。隋炀帝一洗颓风,立标本素。古道

前　言

与此复存。"

但是，文武双全，才华出众，作得帝王，反误了平生，换来的却是千古骂名。隋炀帝杨广这一生是跌宕起伏且令人回味的一生。然而，不能忽视的是，隋炀帝杨广是一位重要的、卓有成就的诗人，甚至可以说是隋代诗坛的领袖。正如现代作家郑振铎评价的那样，"杨广虽不是一个很高明的政治家，却是一位绝好的诗人。他虽是北人，所作却可雄视南土。"

目　录

第一章　上美姿仪，少敏慧

天降雄才，颇具英气 …………………………………… 003

昆弟之中，独著声绩 …………………………………… 006

第二章　不拘一格，风格多样的写景抒情诗

翠霞承凤辇，碧雾翼龙舆 ……………………………… 015

流波将月去，湖水共星来 ……………………………… 020

潮鱼时跃浪，沙禽鸣欲飞 ……………………………… 027

谷泉惊暗石，松风动夜声 ……………………………… 031

世叶行将暗，桃花落未稀 ……………………………… 037

日落苍山静，云散远山空 ……………………………… 041

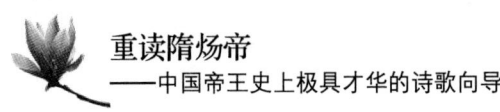
重读隋炀帝
——中国帝王史上极具才华的诗歌向导

露浓山气冷，风急蝉声哀 ·············· 045
月影含冰冻，风声凄夜寒 ·············· 050
虽蒙霈上荣，无复凌云志 ·············· 054
寒鸦千万点，流水绕孤村 ·············· 058
蝉鸣秋气近，泉吐石溪深 ·············· 063
幡动黄金地，钟发琉璃台 ·············· 068
云来聚云色，风度杂风音 ·············· 076
海榴舒欲尽，山樱开未飞 ·············· 080

第三章 独出机杼，学齐梁而并存雅体

锦袖淮南舞，宝袜楚宫腰 ·············· 089
易制残灯下，鸣砧秋月前 ·············· 094
小苑花红洛水绿，清歌宛转繁弦促 ·············· 100
酒阑钟磬息，欣观礼乐成 ·············· 104
龙媒玉珂马，凤轸绣香车 ·············· 109
意欲垂钩往撩取，恐是蛟龙还复休 ·············· 114
拾得娘裙带，同心结两头 ·············· 119

第四章 巡游江都，国家不幸诗家幸

户外碧潭春洗马，楼前红烛夜迎人 ·············· 127

| 目　录 |

舳舻千里泛归舟，言旋旧镇下扬州 …………… 132
渌潭桂楫浮青雀，果下金鞍跃紫骝 …………… 137
嘹亮铙箛奏，葳蕤旌旆飞 ………………………… 141
飒洒林花落，逶迤风柳散 ………………………… 145
他日迷楼更好景，宫中吐艳恋红辉 …………… 150
但存颜色在，离别只今年 ………………………… 156
求归不得去，真成遭固春 ………………………… 160

第五章　任人唯才，亲厚才学之士

扫逆黎山外，振旅河之阴 ………………………… 167
彝伦欣有叙，垂拱事端居 ………………………… 173
实录资平允，传芳导後昆 ………………………… 179

第六章　尚武猛进，开疆扩土壮豪情

舟楫行有寄，庶此王化昌 ………………………… 187
断涛还共合，连浪或时分 ………………………… 193
委输百谷归，朝宗万川溢 ………………………… 197
千乘万骑动，饮马长城窟 ………………………… 200
滔滔下狄县，淼淼肆神州 ………………………… 206
如何汉天子，空上单于台 ………………………… 210

重读隋炀帝
——中国帝王史上极具才华的诗歌向导

会取淮南地，持作朔方城 …………………… 214

方当销锋散马牛，旋师宴镐京 …………………… 219

英明欺卫霍，智策蔑平良 …………………… 224

隋炀帝大事记 …………………… 230

后　记 …………………… 240

第一章　上美姿仪，少敏慧

隋炀帝杨广从小就是一个才华横溢的人。《隋书·炀帝纪》中有言：杨广"上美姿仪，少敏慧。"在隋文帝诸多的皇子中，杨广也十分招文帝喜爱。他七岁作诗，少怀壮志，在伯弟中独著声绩。可以说，隋炀帝杨广是一个富有才学和雄心的有志少年，他的才情和作为一代帝王的英勃之气已经初露头角。也正是因为这样，杨广拥有着远大的理想和抱负，希望建功立业，有所作为。

第一章 上美姿仪，少敏慧

天降雄才，颇具英气

在野史中，如有奇人降生尤其是帝王问世往往会伴有异象。据说，杨广出生的当天晚上，本来皓月当空，澄澈如镜。而当深宫中传来一声婴儿啼哭之时，突然雷声大作，天昏地暗，倾盆雨注。且野史中载杨广出生时"有红光竟天，宫中甚惊，是时牛马皆鸣"。

这种异象其实就是人们所说的祥瑞。祥瑞又称之为符瑞，儒家将之定义为表达天意的、对人有益的自然现象。一般来说，祥瑞和政治的诠释紧密相连。西汉初期，董仲舒正式确立了天人感应的理论，认为若有有德明君问世或是明君施德于天下，就会天降祥瑞以示褒奖和肯定。

虽然，政治的意味多于现实的意味，但是这样的野史记载也奠定了杨广不平凡的一生。杨广是隋文帝杨坚的次子，又名英，乳名阿摩，这小孩得一副好面相。架起一把名贵的古铜镜，与在镜中人对视，一股压抑不住的英气破镜而出。他天庭饱满、浓眉大眼，从俊朗的眉毛到挺拔的鼻梁，从光滑的皮肤到鲜润

重读隋炀帝
——中国帝王史上极具才华的诗歌向导

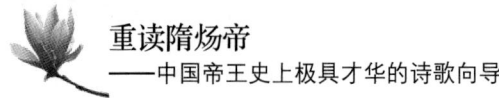

的双唇,每一根线条都千斟万酌,每一个细节都经得住推敲。很明显,这不是随手捏就而是精心设计的面孔。他百看不厌。《隋书·炀帝纪》中也记载杨广"上美姿仪,少敏慧,高祖及后于诸子中特所钟爱。"

他出生后,长安城里的许多豪门显宦就对这个明眸皓齿、聪明伶俐的杨家二公子印象深刻并且心生好感。他的兄长杨勇在这个天之骄子的映衬之下顿时显得黯然失色,父亲杨坚和母亲独孤氏很快就把宠爱的目光不约而同地转向了杨广。

杨坚对杨广十分疼爱。保姆怀中那个粉红色的小脸上灿烂的笑容,似乎有一种天生的魔力,在第一瞬间扯"偏"了父亲杨坚的心。越长大,这个孩子的聪明、懂事、可爱就越让他感觉到父亲的骄傲。作为一个很少承认错误的人,杨坚却不能否认他对这个孩子"于诸子中特所钟爱"。做隋国公时,杨坚重金为这个孩子聘请了国内最博学的老师,做了皇帝后,他干脆把原来打算用为丞相的王韶任命为杨广的师傅。

除了俊秀的外表,上天还赐予杨广超乎常人的聪颖。七岁那年,他写出了平生第一首诗歌,歌咏长安灞河两岸的旖旎风光。这首诗从老师手中流传到文人学士圈中,立刻为他赢得了"神童"的美誉。后来他成了到他为止的历代皇帝中最博学、最富才华的一个,隋代文学史上留下了他许多首优美的诗篇。

在他青年时代的某个春天的夜晚,杨广曾写下这样的诗句:"暮江平不动,春花满正开。流波将月去,潮水带星来。"这首诗的名字叫《春江花月夜》,其文字节制而纯净,其意象简约而唯美,堪称其写景抒情诗的示范之作。所以,杨广还是一个颇

第一章 上美恣仪，少敏慧

具才情的诗人。

开皇元年（581年）二月十四日，杨坚代周自立，创建了大隋帝国，是为隋文帝。而就在隋文帝杨坚登上宝座的十一天后，杨广被封为晋王、柱国、并州总管。而且，此时晋王在王韶的辅佐下，"少好学，善属文"（《隋书·炀帝纪》）。

晋王杨广少好学，喜欢诗文。其文初学庾信，为晋王时，召引陈朝旧官、才学之士柳䛒、虞世南等百余人，"以师友处之"（《北史·柳传》）。

而且，晋王杨广"深沉严重，朝野属望。"有良好的政治声誉。

有一次，晋王杨广外出观猎，不巧突降大雨，左右的侍从给他披上油衣，以遮蔽防雨，但是杨广却对左右说"士卒皆沾湿，我独衣此乎！"让他们把油衣拿走。这一举动无疑为晋王杨广积累了极好的政治声誉，使得少年的杨广"朝野属望"。《隋书·炀帝纪》对此言杨广"上尤自矫饰，当时称为仁孝。"显然，这是魏徵对晋王杨广的一种偏见。试想一下，虽然杨广一朝生在富贵帝王家，但是十三岁的孩子如此矫饰，还是缺乏一定理据的。

晋王杨广的聪慧、英气在隋文帝以及众朝臣的眼中都是一个卓然而立的存在。后来，隋文帝杨坚密令一个名叫来和的善于看相的人，给他的五个儿子都相一下面，来和说："晋王眉双骨隆起，贵不可言。"因此，才貌俱佳的晋王杨广颇受隋文帝的喜爱和器重。

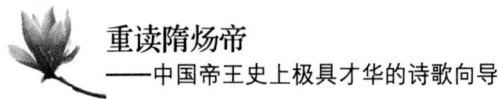

重读隋炀帝
——中国帝王史上极具才华的诗歌向导

昆弟之中，独著声绩

自从降生到北周重臣、隋国公杨坚府邸的那一刻起，一个高贵而完美的世界就在杨广的眼前訇然展开。种种令世人艳羡的美妙事物——财富、权力、身份、地位、荣誉、事功等等，就像一粒粒金光闪闪的种子，被上天在第一时间植入了杨广的生命。没有人会怀疑，随着时光的推移，这些让人心动也让人嫉妒的幸福种子就会在他人生的每一个转角次第绽放，从而将他的生命历程装点成一条名副其实的铺满鲜花的道路……

开皇二年（582年），晋王杨广被授予武卫大将军，进位为上柱国、河北道行台尚书令，仍旧坐镇并州（治所晋阳，今山西太原）。并州是隋帝国防御突厥入侵的战略要地，隋文帝杨坚把少年杨广放在如此重要的位置上，同时给他配备了两名政治和军事经验都极为丰富的得力辅臣，显然是希望他通过历练迅速成长为独当一面的帝国屏藩。

晋王杨广没有辜负父亲对他的殷切期望。开皇六年（586年），因杨广在并州任上表现优异，杨坚特地将他调回朝中担任

第一章 上美姿仪，少敏慧

太史令（宰相）。这一年，杨广仅十八岁。虽然此项任命事实上只是实习性质，但足以表明杨坚对杨广的信任和器重已经远远超越了其他皇子。而且，从此之后，大隋帝国内最重要或者最关键的职务几乎都是属于晋王杨广的。

开皇八年（588年），隋文帝杨坚准备一举消灭偏安江南的陈朝，遂于该年十月任命杨广为淮南道行台尚书令，坐镇与陈朝接壤的寿春（今安徽寿县），同时任命晋王杨广、秦王杨俊以及信州总管杨素三人为行军元帅，皆受晋王杨广节度。

同月，隋朝帝国集结了五十多万军队，兵分七路，在西起巴蜀、东至建康的数千里战线上，对陈朝发起了规模浩大的全面进攻。

这是隋朝开国以来意义最为重大的一次统一战争。而晋王杨广就是此次伐陈之战的最高统帅。虽然，在这一过程中，晋王杨广只是名义上的统帅，但其发挥的作用却是不容小觑的。

这一年，杨广刚刚二十岁。

事实上，南陈并不是什么小国，也绝对不弱。南书谓北纬"索虏"，北方指南为"岛夷"。当时人们认为"长江天堑，古今以限隔为南北……"只不过陈后主终日沉湎于酒色，疏于政务，偏安一隅的心态使之畏敌如虎。

开皇九年（589年），大隋王朝水路大军五十一万浩浩荡荡越过长江天堑，直逼南陈都城建康。一时间，"王浚楼船排江下，金陵王气黯然收"。大隋旌旗指处，南陈军队望风而逃，不敢拭其锋。就这样，原本就摇摇欲坠的南朝江山在隋朝军队摧枯拉朽的强大攻势下迅速土崩瓦解。

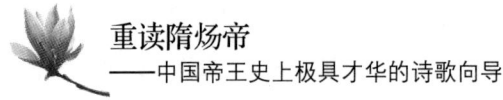

重读隋炀帝
——中国帝王史上极具才华的诗歌向导

晋王杨广的伐陈大军几乎不费吹灰之力就取得了这场统一战争的胜利。后来,著名理学家朱熹曾激动地评价这位伟大的皇帝:"地凭宸极,天纵神武,开运握图,创业垂统,圣德也;拨乱反正,济国宁人。"

至此,开皇九年(589年),隋灭陈,大隋帝国结束了西晋末年以来长达四百年的南北分裂的局面,也结束了中国三四百年的战乱时代。从此,中国进入了短暂的和平强盛时代。

灭陈之后,进入陈朝国都建康(今江苏南京)后,杨广不但对百姓秋毫无犯,而且立即命令属下收取陈朝的档案图籍,而且"封存府库","资财一无所取";一时间,"天下皆称广,以为贤"(《资治通鉴》卷一七七·隋纪一),从而获得了江南人士的好感。

通过这场战争的胜利以及占领建康后种种成熟的政治表现,杨广理所当然地获得了朝野上下的广泛赞誉,由此为自己赢取了空前巨大的政治资本。隋文帝杨坚更是欣慰不已,随即进封杨广为太尉,并且大加赏赐。

在坐镇扬州期间,晋王杨广还招抚了大量的叛乱者,如吴郡世家大族陆知命等,又兵不血刃地招抚了岭南。这样,杨广在南方初步建立了自己的统治基础。

开皇十年(590年)十一月,一场反隋起义在江南爆发,"是月,婺州人汪文静、会稽人高智慧、苏州人沈玄等皆举兵反,自称天子,署置百官。"

为了平定江南的叛乱,隋文帝杨坚令内史令杨素为行军总管,调集大军前往镇压,同时调并州总管杨广代替杨俊为扬州

第一章　上美姿仪，少敏慧

总管，坐镇扬州。晋王杨广此次坐镇扬州，为"使待节、上国柱、太尉公、扬州总管管诸多军事、杨州刺史"，从而掌握了扬州的军政大权。

再次坐镇扬州的杨广迅速平定了叛乱。为了稳固江南的局势，打破南北之间的隔阂，杨广采取了一系列高明的举措。首先，广泛招纳并重用江南人士，杨广"好文雅，招引才学之士诸葛颖、虞世南、王青、朱瑒等百余人以充学士"。

此后，杨广对江南人士和江南文化都表现出了强烈的好感。他即位之初，内史舍人窦威等撰《丹阳郡风俗》，"以吴为人东夷"，杨广大为不悦，令杖责窦威等人，让江南人虞世基等修《十郡志》以代之。在责让窦威等人的敕文中说："昔汉末三方鼎立，大吴之国，以称人物。故晋武帝云：江东之有吴、会，犹江西之有汝、颍。衣冠人物，千载一时。及永嘉之末，华夏衣缨，尽过江表，此乃天下之名都。自平陈之后，硕学通儒，文人才子，莫非彼此，尔等著其风俗，乃为东夷之人，度越礼仪，于尔等可乎？"通过对江南人士的笼络，杨广大大地缓和了他们对隋朝的敌对情绪。

史称："帝好读书著述，自为扬州总管，置王府学士至百人，常令修撰，以至为帝，前后近二十载，修纂未尝暂停……"显然，这是一个了不起的成绩。

其次，在江南推崇佛教政策。杨广自幼崇奉佛教，有相当高的佛学素养，深知佛教劝善化民、有助于王化的政治功用。因此，杨广在扬州时改变了隋文帝对佛教以打击为主的政策，致力于拉拢江南佛教界的头面人物。开皇十一年，杨广在江都

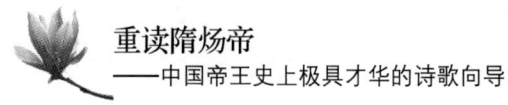

重读隋炀帝
——中国帝王史上极具才华的诗歌向导

给一千名南方僧人设斋席。此外,他下令收集和重抄在战争和内乱中分散在各地的佛经,并在江都营造佛寺。他还召集南方著名的高僧到江都从事宗教和学术工作。通过杨广的努力,江南地区的僧人及其影响下的民众的反隋情绪逐渐缓和。

通过以上措施,晋王杨广有效地稳定了江南的局势,同时也培植了自己在江南的势力,积累了自己的政治经验,积累了良好的政治声誉,初露头角,成为大隋帝国中最耀眼的一颗明星。

其实,从晋王杨广平陈的功绩来看,晋王杨广和秦王李世民倒有几分相似,都是次子,都有战功,都在少年时期显露出卓越的政治才能和军事才能,只不过李世民比杨广的政绩更突出一些,或许也正是因为这样,隋炀帝杨广长时间被世人诟病,唐太宗李世民却成为千古一帝。

伐陈成功之后,晋王杨广成了名副其实的大隋帝国屏藩,总是在关键时刻被隋文帝杨坚安排在帝国最需要的地方。而从杨广自少年起接受的一系列任命中,我们可以一目了然地读出杨坚对他的特殊器重和苦心培养。

据《隋书》记载,开皇十年,杨广受命领军平定江南地方势力的叛乱,任扬州总管,"镇江都,每岁一朝"。直至开皇二十年,杨广被任命为对突厥作战的行军元帅离开江都。杨广在江都前后待了约十二年的时间,在江南文化的氛围里,其气质与习性不知不觉地发生了深刻的变化。

虽然隋文帝杨坚也同样给其他皇子分封了官爵并提供了历练的机会,但是没有人会否认,开皇八年之后的杨广已经成为

第一章 上美姿仪，少敏慧

大隋帝国最为耀眼的一颗政治新星，同时也是五位皇子中能力最突出、品质最优秀、最为世人称道和瞩目的一个。《隋书·炀帝纪》载："炀帝爱在弱龄，早有令闻，南平吴、会，北却匈奴，昆弟之中，独著声绩。"

开皇二十年（600年），晋王杨广被立为太子。仁寿四年（604年）七月十三日文帝病逝于仁寿宫大宝殿，二十一日太子广即皇帝位。次年（605年）改元大业，拉开了其波澜壮阔又毁誉难定的一生。

第二章 不拘一格，风格多样的写景抒情诗

　　隋炀帝杨广不仅在政治上具有远大的理想和抱负，在诗歌文学上也有极好的天赋。甚至可以说，隋炀帝是一位真正的、绝好的诗人。其中，隋炀帝现存作品中数量最多、质量最高、风格多变的是写景抒情诗。隋炀帝的写景诗形式上比较艳丽，但他在描写上有很深的造诣，描绘了一幅幅或雄伟壮观或优美妩媚的审美画面，表达了他丰富的情感和一系列的心理活动。而且，杨广的诗文活动体现了南北碰撞的一面，在描写景物的时候，能够寓情于景，情景结合，使诗歌具有浓郁的南方风韵，呈现文士的秀气。

第二章　不拘一格，风格多样的写景抒情诗

翠霞承凤辇，碧雾翼龙舆

开皇十年（590年），隋朝缔造者隋文帝杨坚任命次子杨广为扬州总管。此时杨广仅仅十九岁，也正是血气方刚的时候，不过杨广的才情和智慧却丝毫没有因为年龄的局限而被人忽视，反而比同龄人更具智慧。

作为开国皇帝，除了军事手段，隋文帝杨坚更加懂得精神统治的意义，于是重新大兴教义。就这样，他的目光盯上了天台山佛教大师智顗。智顗本名陈德安，祖籍河南颍州，七岁能诵《谱门品》经文，十八岁出家，拜"教禅并重"的慧思研习《法华经》，终成金陵佛学大师。据说受神人指点，隐遁浙江天台山。陈宣帝敬重智顗，下诏盛赞他是"佛法雄杰"，并拨款建"修禅寺"。从此，智顗在修禅寺开设道场，弘扬佛法。而且据说，宣帝继位前，他的父亲武帝四次放弃君位，而投佛门，可见智顗佛法之影响力。

鉴于此，隋文帝杨坚决意收拢大师智顗。他想，如果智顗支持我隋朝，那么其所产生的社会影响和政治作用将是不可估

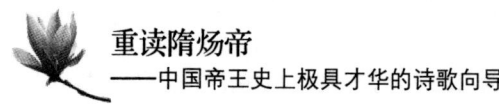

重读隋炀帝
——中国帝王史上极具才华的诗歌向导

量的,于是居高临下地向智𫖮下发敕书。不料,他的"宜将劝励,以同朕心"一类的话在智𫖮那里却收效甚微。智𫖮照常在天台山讲经,竟不为所动。

对此,天生足智的杨广一改父皇的做法。他甘愿受戒,拜智𫖮为师。"承风佩德,钦注相仍,欲遵戒宜法师奉以为师,乃致书累请。"遣词之诚恳,态度之恭谦,使得五十四岁的智𫖮束衣启程,不日到扬。

晋王杨广受菩萨戒的场面之大也是前所未有。那年十一月二十三日,在蜀冈的扬州总管府内,杨广通知所有寺僧参加受戒仪式,史称"千僧会"。那天殿堂内香烛缭绕,佛经高诵。只见教戒坛上智𫖮身披袈裟,慈颜端坐。杨广则一路行匍伏大礼,至于智𫖮脚下,并在千僧面前宣读《请戒文》,继而仰望大师。智𫖮为杨广受戒,正式接受自己入佛门以来政治身份最高的弟子,并授杨广"总持"法号。杨广跪受,又以总管之政治身份尊智𫖮为"智者"。这一幕过后,杨广即为"总持菩萨",智𫖮即为"智者大师"。

也正是因为这样,扬州历史上第一次有了讲法的道场,是为惠日、法正、玉清和金洞。同时,为了推动扬州宗教宣传,杨广总持特作《步虚词二首》,并谱曲传唱。

其一诗词云:

总辔行无极,相推凌太虚。
翠霞承凤辇,碧雾翼龙舆。
轻举金台上,高会玉林墟。

第二章 不拘一格，风格多样的写景抒情诗

朝游度圆海，夕宴下方诸。

同年，扬州寺观猛增了十三座，直逼金陵。可见，隋炀帝杨广以皇子之尊在推动扬州宗教，特别是佛教的兴起上所发挥的作用是显而易见的。只不过，他的卓越成就常常会被骂名所淹没。人们似乎也不愿意提及，事实上，扬州众多的寺观胜迹，正是从隋炀帝杨广开始才有了相当规模的。

其二词云：

> 洞府凝玄液，灵山体自然。
> 俯临沧海岛，回出大罗天。
> 八行分宝树，十丈散芳莲。
> 悬居烛日月，天步役风烟。
> 蹑记书金简，乘空诵玉篇。
> 冠法二仪立，佩带五星连。
> 琼轩觯甘露，瑜井挹膏泉。
> 南巢息云马，东海戏桑田。
> 回旗游八极，飞轮入九玄。
> 高蹈虚无外，天地乃齐年。

其实，"步虚"是道士在醮坛上讽诵词章采用的曲调行腔，传说其旋律宛如众仙飘渺步行虚空，故得名"步虚声"。据南朝宋刘敬叔《异苑》称：陈思王曹植游山，忽闻空里诵经声，清远遒亮，解音者则而写之，为神仙声。道士效之，作步虚声。

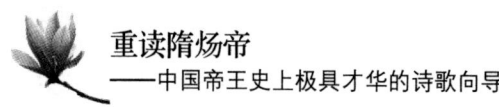

重读隋炀帝
——中国帝王史上极具才华的诗歌向导

但其时之"步虚声"腔,现已不得而知。现存各地道教仪式中的步虚音乐大多舒缓悠扬,平稳优美,适于道士在绕坛、穿花等行进中的诵唱。

根据步虚音乐填写的字词,就称之为"步虚词"。《乐府诗集》卷七十八引《乐府解题》称:"步虚词,道家曲也,备言众仙飘渺轻举之美。"后步虚词成为诗体之一种,或五言或七言,八句、十句、二十二句不等。其中有文人和道士之作,也有帝王之作。《步虚词二首》就是隋炀帝的帝王之作。

《步虚词二首》写出了隋炀帝的佛道思想,清净玄妙,在具体的细节描写和铺排上细致入微而又别具风味,显示出浓重的宗教意味,使其诗歌充满禅理。

《步虚词二首》其一,透出了隋炀帝杨广对道教的重视和推崇,"总辔行无极,相推凌太虚。翠霞承凤辇,碧雾翼龙舆。轻举金台上,高会玉林墟。朝游度圆海,夕宴下方诸。"犹如天上的神仙去赴蟠桃宴会了。字里行间,透露出杨广对神仙生活的向往,即对道教的重视和关注。

在描写的场景方面也极尽文字之能事。其中"翠霞承凤辇,碧雾翼龙舆。轻举金台上,高会玉林墟。"描写了华贵盛大的场面。"凤辇"是指仙人的车乘(也指皇帝的车驾),"龙舆"是指由龙拉的车舆,这些景象都是道家仙界的独有,且其气势之大、场面之贵,堪称无与伦比。

而且,这一点在《步虚词二首》其二也得到了很好的体现。"悬居烛日月,天步役风烟。蹑记书金简,乘空诵玉篇。"也描写了盛大而华贵的场面。同时,杨广为了达到道教中的"自然"

第二章 不拘一格，风格多样的写景抒情诗

而"洞府凝玄夜，灵山体自然。"

另外，从《步虚词二首》，我们可以明显地感受到隋炀帝杨广年少的才情以及初具帝王之心的雄壮之气。当然，在诗词的背后，我们也能够窥见，杨广想借由佛道的力量和高僧的名望来扩大自己的影响力，体现了他想要建功立业的远大抱负。

但是，隋炀帝杨广对儒学相对而言却是没那么重视，只是从政治统治的角度加以安抚。也正是因为杨广这种重佛道而轻儒生的思想，使得在后来的反隋起义中，大量的儒生参与其中，反感隋炀帝杨广的统治。

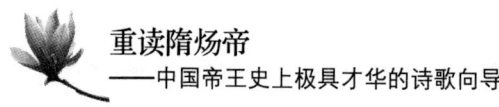

重读隋炀帝
——中国帝王史上极具才华的诗歌向导

流波将月去，湖水共星来

大凡读过诗文的人，几乎都知晓唐代张若虚的名篇《春江花月夜》，但却少有人知道隋炀帝杨广在张若虚之前早就写有《春江花月夜》。其中，《乐府诗集》卷四十七收《春江花月夜》七篇，就有隋炀帝杨广的两篇。

据文献记载，隋炀帝杨广在宫中制作了许多新声乐府，"辞极淫绮"，"哀音断绝"。但他自己的创作并非像某些文献所载"词无淫荡"，而是"并存雅体，归于典制"（《隋书·文学传序》）。其中许多颇有些刚健的佳句，多数诗作都很讲究对仗和声韵和谐，并不浓艳，而是雅味正声。

且看他的《春江花月夜·其一》：

春江花月夜·其一

暮江平不动，春花满正开。
流波将月去，湖水共星来。

第二章　不拘一格，风格多样的写景抒情诗

实际上，"春江花月夜"的诗题原为陈后主所创，据《旧唐书·音乐志二》所说："《春江花月夜》、《玉树后庭花》、《堂堂》，并陈后主所作，叔宝常与宫中女学士及朝臣相和为诗，太乐令何胥又善于文咏，采其尤艳丽者以为此曲。"

此时，"春江花月夜"还是名符其实的"艳曲"。不过，陈后主所作今已不存，炀帝此作作为现存最早的歌辞，其格调已远非"艳曲"，今人评论说杨广此作："全用自然意象，未达到绮丽而清新的风格，其造诣实远超于错金镂彩。"

其中，《春江花月夜》其一，是本题现存最早的两首之一。其后才有唐朝张若虚的同题诗《春江花月夜》。隋炀帝杨广此首借题生义，一扫陈后主原题的艳媚之气。

黄昏时分远眺长江两岸，暮霭沉沉，江水浩淼，水波不兴。平坦的江面安详宁静，江边却春花似火，开得满满当当。这幅画面展现在人们的眼前，不得不让人乐之、喜之、爱之。

次联，他写春夜潮生，江水滔滔。"将月去"、"带星来"将水波激荡、月星交辉的情景写得极其宏大，于写景的壮阔中写出了时间的流逝。寥寥四句诗，风致婉然，将春、江、花、月、夜五字嵌入四句中，这成为了此诗最为鲜明的特点，而写月和星在水中的映像，更是传神生动。

"流波将月去，湖水共星来。"缓缓读来，如欣赏清秋月夜之画，宛如眼前。而且，此句好在平实，一个"将"字，一个"带"字，都是比较虚的动词，不会破了月明星稀的安稳美感。对此，明代胡应麟以为"绝是唐律"，对初唐近体发展有一定影响。

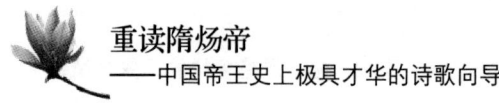

重读隋炀帝
——中国帝王史上极具才华的诗歌向导

同时,后世对《春江花月夜》的评价也是很高的。明代著名思想家王夫之在评论《春江花月夜》时说:"四句两联,特有贯珠之妙。"清人朱乾《乐府正义》也给予了隋炀帝《春江花月夜》高度的评价:"陈后主作不传,隋炀自负才高,今观此词,未见其必亡国。如'暮江平不动'即唐人能手,无以过之。"清人陈祚明《采菽堂古诗选》评论此诗"写景语并洪亮,其气浑浑,自踞唐先。"已经完全脱尽铅华,如谢朓诗一般的"清水芙蓉,天然可爱。"

可以说,隋炀帝杨广这首诗在描绘春江花月夜,花开景色这方面,具有开先河之功,起到了很好的示范作用。诗中一个"满"字写出了花多无隙、簇簇挤挤之状。而"流波将月去,潮水共星来",这句佳句描绘出了一个绝妙的江流扶明月,潮水拥星光的意境,给人以美的享受。

同时,从杨广的《春江花月夜》,可以看出其诗歌风格是丽而不艳,柔而不淫,有正言之风,雅语之气。这点在《春江花月夜·其二》也有很好的体现。

春江花月夜·其二

夜露含花气,春潭漾月辉。
汉水逢游女,湘川值两妃。

《春江花月夜·其二》虽用了《诗经》"含有游女"和娥皇、女英"二妃"的典故,但只是指春江花月之夜,美女们出来游赏的情况,并不轻佻。相反,诗歌整体的意境既美且高,给人

第二章　不拘一格，风格多样的写景抒情诗

一种恬静的美的享受。而且，这里的《春江花月夜》颇有唐人气格。或者说，唐代出现的那些观察细致形容入微的小诗，此已开了先声。所以，隋炀帝杨广的《春江花月夜》显示了其高超的文学功力。

另外，《春江花月夜》意境壮美，语言清丽，彰显出杨广的英雄之气。相比南朝文学而言，艺术感很好，写景大有可观，而又并无萎靡的肉感气息。南北文化在这里有所交融，诗歌由于杨广的介入而增添了活力。

而且，这里也启发了唐人张若虚的灵感，在他的《春江花月夜》中脱化出"春江潮水连海平，海上明月共潮生"的优美诗句。"潮水"这一意向还启示张若虚在诗中开拓出一个极为阔达的春江意境。因此，仔细玩味，不难体味出春江潮满，海上明月的意境已然蕴含在其中了。初唐大诗人张若虚的意境分明是源于此处。

唐人张若虚的《春江花月夜》被闻一多先生誉为"诗中的诗，顶峰上的顶峰"（《宫体诗的自赎》）。他，也正因为有了这一首诗，"孤篇横绝，竟为大家"，千百年来使无数读者为之倾倒。然而，诱发张若虚创作出这首"孤篇盖全唐"之作的却是隋炀帝杨广的《春江花月夜》。

下面，我们就来看一下张若虚的《春江花雨夜》，以作比较，以窥二者之间的联系。

春江花月夜

春江潮水连海平，海上明月共潮生。

重读隋炀帝
——中国帝王史上极具才华的诗歌向导

滟滟随波千万里，何处春江无月明！
江流宛转绕芳甸，月照花林皆似霰；
空里流霜不觉飞，汀上白沙看不见。
江天一色无纤尘，皎皎空中孤月轮。
江畔何人初见月，江月何年初照人？
人生代代无穷已，江月年年只相似。
不知江月待何人，但见长江送流水。
白云一片去悠悠，青枫浦上不胜愁。
谁家今夜扁舟子？何处相思明月楼？
可怜楼上月徘徊，应照离人妆镜台。
玉户帘中卷不去，捣衣砧上拂还来。
此时相望不相闻，愿逐月华流照君。
鸿雁长飞光不度，鱼龙潜跃水成文。
昨夜闲潭梦落花，可怜春半不还家。
江水流春去欲尽，江潭落月复西斜。
斜月沉沉藏海雾，碣石潇湘无限路。
不知乘月几人归，落月摇情满江树。

如果把张若虚的《春江花月夜》与杨广的《春江花月夜》相比，我们可清楚地看出其描写春江花月夜景是受到杨广启示的。这诗不仅题目照搬杨广的《春江花月夜》，而且诗中的意境也是从杨广诗歌中拓展而来的。"春江潮水连海平，海上明月共潮生"无疑是受到隋炀帝杨广的《春江花月夜·其一》的启发和影响。

第二章 不拘一格,风格多样的写景抒情诗

因此,隋炀帝杨广的《春江花月夜》不仅有着极高的文学成就,而且对后世的诗歌创造产生了十分深远的影响。当然,后来之作在杨广诗篇的基础上又有了新的发展和提升。唐人张若虚的这首《春江花月夜》以富有生活气息的清丽之笔再现了江南春夜的景色,如同月光照耀下的万里长城画卷。再加上人们对隋炀帝历史认知的偏见,人们对于《春江花月夜》的认识大都来自张若虚。

另外,著书郎诸葛颖对隋炀帝的《春江花月夜》有和诗一首,题名为《春江花月夜(和炀帝)》。我们不妨看一下,略作比较。

且看其诗作:

春江花月夜(和炀帝)

张帆渡柳浦,结缆隐梅洲。
月色含江树,花影覆船楼。

诸葛颖的《春江花月夜(和炀帝)》写得亦是极好,尤其是最后两句"月色含江树,花影覆船楼。"写得尤为出彩,江边的树木倒映在月色之中,花的光影覆盖在楼船之上。这两句写得极有张力,富有动感,使得整首诗的意境唯美纯净,令人不觉称赞。但是,与隋炀帝杨广的《春江花月夜》相比较,似乎还是略逊一筹,诸葛颖作为一位纯粹的诗人只注重写景,而且在景色的描绘上注重细节的捕捉,但是隋炀帝杨广不仅仅是一位诗人,还是一代帝王,他的视野和一般的诗人是不同的,隋炀

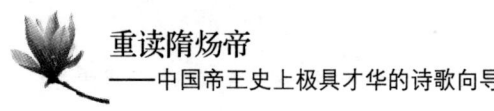

重读隋炀帝
——中国帝王史上极具才华的诗歌向导

帝杨广不仅在景色描绘上细腻深刻，而且写景宏大，视角开阔，气势雄浑，这个特点在隋炀帝杨广的《春江花月夜·其一》就有很好的体现。因此，隋炀帝杨广不仅是一代帝王，更是一位绝好的诗人。

第二章 不拘一格,风格多样的写景抒情诗

潮鱼时跃浪,沙禽鸣欲飞

隋开皇八年(588年)三月,隋文帝杨坚下达诏书伐陈,公开表示要征服江南,且列出陈叔宝20条大罪,印制30万张到江南散发。同年十月,隋文帝杨坚部署了八路伐陈的兵力,晋王杨广被任命为兵马统帅。同时,晋王杨广和秦王杨俊、清河公杨素并为行军元帅,但九十总管、五十一万八千大军"皆受晋王节度"。

然而,自古以来北人善骑马,南人善于游水。隋军要想渡过长江,平定南陈,水战是不可避免的。除了修建巨型战舰,加强对水域的了解、认知是必不可少的。否则,隋军就很难良好地适应水战,为伐陈提供坚实的保障。

晋王杨广当然也深知此事。自隋文帝杨坚公开下诏伐陈之后,晋王杨广就对此多有留意,并亲自游历淮河。到了淮河,杨广看到长江天堑和浩荡的淮河流域,不禁有感而发,遂留诗一首,题名为《早渡淮诗》。

且看其诗作:

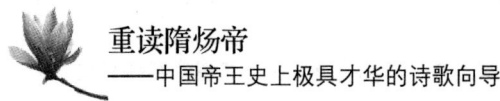

重读隋炀帝
——中国帝王史上极具才华的诗歌向导

早渡淮诗

平淮既森森，晓雾复霏霏。
淮甸未分色，湍潆共晨晖。
晴霞转孤屿，锦帆出长圻。
潮鱼时跃浪，沙禽鸣欲飞。
会待高秋晚，愁因逝水归。

《早渡淮诗》描写的境界开阔雄浑，景物描写大气而不失细腻，堪称是隋炀帝杨广写景抒情诗的佳作。

前两句"平淮既森森，晓雾复霏霏。"写出了淮河两岸的情状，描写了淮河的美丽风景，森森淮水、霏霏晓雾，写出淮甸一色之壮丽。但是从字里行间，我们发现这种景色的背后暗暗涌动着一股沉郁之气。其中，在"森森"、"霏霏"笼罩的景象之下，使得整个景物呈现出一种朦胧的意境。

"淮甸未分色，湍潆共晨晖。"描写了淮河流域南北两岸虽然多年分踞但是景色并未有明显的分化，湍流的河水共享晨辉。其中"淮甸"是指淮河流域。这两句诗作看似单纯地描写景色风物，但是作为伐陈元帅观此景有此感，实际上传达出了平陈成功，实现南北合一的美好愿望。

接着"晴霞转孤屿，锦帆出长圻。潮鱼时跃浪，沙禽鸣欲飞。"描写了淮河流域令人赏心悦目的风景。这几句诗中，是此诗描写景色的佳作。晋王杨广通过"晴霞"、"锦帆"、"潮鱼"、"沙禽"之跃动变化，粗笔勾勒出淮河早晨之如花美景。

第二章 不拘一格，风格多样的写景抒情诗

其中"晴霞"是指"明霞"，即晴朗的天空霞光流转；"锦帆"是有锦制船帆的船，借指装饰华丽的船。

尤其是"潮鱼时跃浪，沙禽鸣欲飞。"动感十足，描写了跃浪的鱼儿和沙滩上水鸟的嘶鸣。简简勾勒几笔，海滩之上、海水之中，活灵活现的生机和活力赫然显现在人们的面前，使得淮河的早晨之景顿时就活泛了起来，从静止不动的事物变成了可视、可听、可感、可触的美好风景。

最后两句"会待高秋晚，愁因逝水归。"写出晋王杨广自己的愁绪将随着奔流的淮河水一起流逝，自己的心情也变得顺畅许多。"高秋"就是农历的九月初九重阳节。其中"愁因逝水归"描写得恰到好处，看着滚滚而流的江水，自己的愁绪和忧虑也一并随之而去。这种把愁绪寄予流水的手法，常为后来的诗人效仿。比如唐代著名诗人李白的"横江欲渡风波恶，一水牵愁万里长。"南唐后主李煜的"问君能有几多愁，恰是一江春水向东流。"等等。

而且，这两句描写氛围由沉郁转为明朗，表现了晋王杨广对平陈战事、统一全国的信心。从这两句中，我们也能够看出晋王杨广虽然年幼，但却不惧挑战和考验，已经颇具雄才大略，气魄非凡。

纵观全诗，隋炀帝杨广的《早渡淮诗》显示了其极高的文学造诣，在描摹景物方面别具匠心，独具风神，在当时堪称是诗歌领袖。

至开皇八年（688年）十一月，饯行誓师后，隋军发动了对陈朝的大规模进攻，期间隋军对陈朝发动了"四大战役"，终

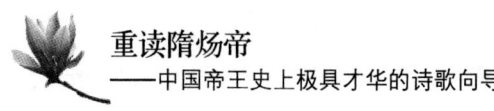

重读隋炀帝
——中国帝王史上极具才华的诗歌向导

于次年三月顺利平定江南。"普天之下,莫非王土;率土之滨,莫非王臣。"此时的隋文帝杨坚威加海内,心中的万丈豪情满溢胸怀,而晋王杨广对此也十分的骄傲。

平陈之役奠定了晋王杨广在江南的统治地位,给晋王的政治生涯也做好了铺垫。毕竟,平陈之后,与北方隔离多年的南方开始归顺中央,上百年的中国分裂局面至此结束。这对于大隋帝国来说,是居功至伟的。

第二章 不拘一格，风格多样的写景抒情诗

谷泉惊暗石，松风动夜声

在皎洁素净的月光下，观赏星星是一件十分美妙而惬意的事。抬头仰望天空，看着满天的星星，往往能够使我们静下心来，心有所思、心有所感、心有所悟。尤其是对文人骚客来说，月夜满星空的美景更是备受青睐，令人们寄予诸多的情感和念想，让人们的思绪瞬间活泛起来。

隋炀帝杨广就是一个善于捕捉风景、成就美景的人。作为一位文采飞扬的帝王，他从来不吝惜自己的笔墨。其中，《月夜观星诗》就是隋炀帝杨广的得意之作。

下面，我们就来看一下隋炀帝杨广月夜观星的诗作。

月夜观星诗

团团素月净，翛翛夕景清。
谷泉惊暗石，松风动夜声。
披衣出荆户，蹑履步山楹。
欣睹明堂亮，喜见泰阶平。

重读隋炀帝
——中国帝王史上极具才华的诗歌向导

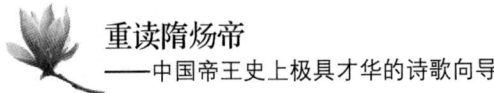

> 觜参犹可识，牛女尚分明。
> 更移斗柄转，夜久天河横。
> 徘徊不能寐，参差几种情。

在皎洁的月光下，月亮圆圆的，干净透彻，在这样的月夜下看着这样明亮干净的月亮难免不让人心生遐想。尤其是对满腹才情和雅致的隋炀帝杨广来说，更是一番不容错过的美景。

《月夜观星诗》是隋炀帝杨广写景抒情的诗歌，这首诗歌写景细腻、美妙，但却也不是单纯的写景，在景物中还隐隐渗透着诗人杨广的某种情怀，使得整首诗作情景合一，引人无限遐想。

诗作的首句"团团素月净，翛翛夕景清。"描写了月光、夕景的美好。其《月夜观星诗》："谷泉惊暗石，松风动夜声。披夜出荆户，蹑履步山楹。欣睹明堂亮，喜见泰阶平。觜参犹可识，牛女尚分明。更移斗柄转，夜久天河横。"描写秋夜月明的景色，细致入微，清切而冷然，尤其是"谷泉惊暗石，松风动夜声"堪称佳句。尾句"徘徊不能寐，参差几种情。"是在写景之后的抒情句，表达了隋炀帝观星之后的复杂心情。写景后抒情，含蓄而蕴藉，淡淡的喜悦夹杂着些许惆怅，令人回味。

同时，从诗作的结构上来看，此诗前面写景，后面抒情，情景结合巧妙，看似浅近，却含蕴藉的诗境，充分融合了北方的质朴和南方的细腻与婉约。隋炀帝杨广不仅通过个人的诗歌创作推动南北诗风的融合，他还凭借着政治地位，影响和改变

第二章 不拘一格，风格多样的写景抒情诗

隋代的诗风。

在这首诗歌里，北方诗人的慷慨意气和南方诗人的细腻情怀相结合，在同一首诗歌中表现出来，并创造出深沉蕴藉的诗歌境界，这是隋炀帝杨广对南北诗风的融合。隋炀帝平陈之前，南北分踞两边，各自为政，在诗歌创作上也缺乏必要的交流和碰撞，但是通过隋炀帝的努力，南北诗风开始融合，取长补短，有了进一步的发展和提升。

《月夜观星诗》前面几句描写景物细腻真切，体现了南方诗风对隋炀帝杨广作诗的影响。毕竟，隋炀帝杨广长期生活在南方，受南方文化的熏陶和影响，尤其是在文化心理和艺术旨趣上更是如此。后面的抒情之句则体现了隋炀帝的北方诗风特点，避免了为写景而写景，从而反映了一种新的诗歌风貌。

而且，隋炀帝杨广的这首诗作中"团团素月净，翛翛夕景清。谷泉惊暗石，松风动夜声。"由泉、石、风、月、夜等意象组合而成一幅清净而灵动的画境，颇有玄思和禅意。这其实是玄、佛合流下形成的一种审美情趣，是禅诗发展的一个阶段。

从中我们隐约能够体会到，隋炀帝杨广颇有佛缘，诗歌作品中颇具佛理、禅境，对佛家的审美意趣感悟甚深。也正是因为这样，但凡是隋炀帝涉及佛家的诗歌，往往用语自然，意境清远，玄思仍在而禅意渐浓。

对此，隋炀帝时起居舍人虞世南入唐后曾和诗一首，名为《奉和月夜观星应令》。下面，我们就一起看一下，并略作比较。

重读隋炀帝
——中国帝王史上极具才华的诗歌向导

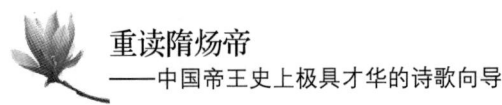

奉和月夜观星应令

虞世南

早秋炎景暮,初弦月彩新。
清风涤暑气,零露净嚣尘。
薄雾销轻縠,鲜云卷夕鳞。
休光灼前曜,瑞彩接重轮。
缘情摛圣藻,并作命徐陈。
宿草诚渝滥,吹嘘偶仆绅。
天文岂易述,徒知仰北辰。

  虞世南的和诗《奉和月夜观星应会》也是描写月夜观星的诗句,出自于《全唐诗》。纵观整篇诗作,大都在描绘景色,尤其是前几句"早秋炎景暮,初弦月彩新。清风涤暑气,零露净嚣尘。薄雾销轻縠,鲜云卷夕鳞。休光灼前曜,瑞彩接重轮。"极力描绘了月夜、星空的美好景致。但是,虞世南景色描写的功力与隋炀帝而言还是处于下风。不仅描写手法上缺少变化,而且描写的意境也比较狭小,缺乏隋炀帝景色描写的阔大气势、纯美意境。

  尾句"天文岂易述,徒知仰北辰。"表达了天文的玄妙,人事的渺小和微不足道。显然,这和隋炀帝"徘徊不能寐,参差几种情。"相比,还是略逊一筹的。

  同时,隋炀帝杨广的著书郎诸葛颖也曾和诗一首,题名为《奉和御制月夜观星示百僚》。我们不妨也略作赏析,以作比较。

第二章　不拘一格，风格多样的写景抒情诗

奉和御制月夜观星诗示百僚

窈窕神居远，萧条更漏深。
薄烟净遥色，高树肃清阴。
星月满兹夜，灿烂还相临。
连珠欲东上，团扇渐西沈。
澄水含斜汉，修树隐横参。
时闻送筹柝，屡见绕枝禽。
圣情记余事，振玉复鸣金。

诸葛颖的《奉和御制月夜观星诗示百僚》在描写"月夜观星"的场景上也是别具机杼，可圈可点。尤其是中间几句"薄烟净遥色，高树肃清阴。星月满兹夜，灿烂还相临。"可称作是此诗的传神之句。这几句把月夜观星的情状描写得细致入微，形象深刻，远近搭配。

"连珠欲东上，团扇渐西沈。"写出了月夜的动态之感，满天星斗由东而升，一轮圆月渐渐西沉。其中"连珠"代指满夜的星星，而"团扇"也叫"宫扇"，是一种圆形的有柄的扇子，这里代指圆圆的月亮。

"澄水含斜汉，修树隐横参。"这两句描绘了映在水中的夜空银河，以及参星西斜的情形。其中"澄水"是指清澈而不流动的水，"斜汉"是指秋天向西南方向偏斜的银河，"横参"是指横斜的参星，参星在夜深之时会发生横斜。总的来说，诸葛颖的诗作在景色描写方面是十分出彩的。

重读隋炀帝
——中国帝王史上极具才华的诗歌向导

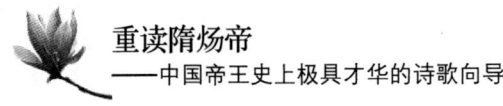

另外,隋代内史令萧琮对于隋炀帝杨广的《月夜观星诗》也有和诗一首,题名为《奉和御制夜观星示百僚》。

奉和御制夜观星示百僚

阳精去南陆,大曜始西流。
夕风凄谢暑,夜气应新秋。
重门月已映,严城漏渐修。
临风出累榭,度月蔽层楼。
灵河隔神女,仙槎动星牛。
玉衡指栋落,瑶光对幌留。
徒知仰阊阖,乘槎未有由。

萧琮倜傥不羁,博学有文义,是西梁孝明帝萧岿之子,隋炀帝皇后萧氏的兄弟。隋炀帝继位后,萧琮深受亲近器重,任内史令,改封梁公。萧琮的诗作《奉和御制夜观星示百僚》描写月夜观星的情状诗也极尽能事,其中"临风出累榭,度月蔽层楼。灵河隔神女,仙槎动星牛。玉衡指栋落,瑶光对幌留。徒知仰阊阖,乘槎未有由。"把月夜描绘得极其宏大壮丽。尤其是"灵河隔神女,仙槎动星牛。"想象奇特,堪称妙句。

不过,这些和诗与隋炀帝杨广的诗作相比还是略逊风骚。毕竟,身为一代帝王,写诗的视角和感触与一般的诗人还是有很大的差异的。隋炀帝杨广的诗作《月夜观星诗》显示了炀帝在诗歌创作上的开创性,"徘徊不能寐,参差儿种情。"把写景和抒情巧妙地结合在一起,从而使诗作体现出不一般的意境。

第二章 不拘一格，风格多样的写景抒情诗

世叶行将暗，桃花落未稀

"草木知春不久归，百般红紫斗芳菲。杨花榆荚无才思，惟解漫天作雪飞。"这是一首描写晚春景色的诗作。花草树木知道春天即将归去，都想留住春天的脚步，竞相争妍斗艳。就连那没有美丽颜色的杨花和榆钱也不甘寂寞，随风起舞，化作漫天飞雪。

由此诗观之，花草树木也是颇具灵性慧根的，感悟岁月不饶人，懂得奋发图强，一展人生价值。花草尚且如此，何况人呢，岂能仿效柳絮榆钱，虚度大好年华！

其实，这正是晚春时节，争相繁艳的盛景。初春时节，大地回春，万物复苏，满眼望去，到处充满生机和活力。而这个时候，春的繁盛还没有全然展现出来，只是刚刚开始萌动，是春之始也，一般指农历"惊蛰"二月期间。早春之后是阳春，指农历三月份上中旬，"草长莺飞三月天，拂堤杨柳醉春烟。"描写的就是此段时间的场景。这段时间满是充满生机的景象，正是踏青的好时节。阳春之后是晚春，晚春时节指农历三月下

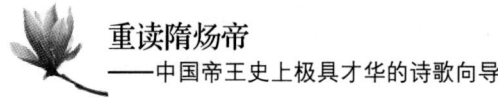

重读隋炀帝
——中国帝王史上极具才华的诗歌向导

旬,是春季的末尾,也是繁华争艳直到衰败的季节。

实际上,在春季的三个阶段中,晚春是最丰富多彩、靓丽夺目的。经过了早春、阳春的酝酿,晚春时节各种花草树木竞相争艳,力争使出全身的最后一点劲,展现出最靓丽的一面,以至落幕无悔。因此,晚春时节是一个极具变化的时节,它既有繁华也有落寞,既有盛开也有凋零。或许也恰恰是因为这样,文人骚客大多把晚春作为描绘书写的对象。

其中,隋炀帝杨广对晚春就有所钟爱,曾留诗一首,题名为《晚春诗》。下面,我们就一起赏析一下隋炀帝笔下的晚春风采。

晚春诗

洛阳春稍晚,四望满春晖。
世叶行将暗,桃花落未稀。
窥檐燕争入,穿林鸟乱飞。
唯当关塞者,溽露方霑衣。

"文章合为时而著,歌诗合为事而作。"有心人总是触景感世,并能一叶知秋。所感之世,多是历史的脉动;所知之秋,不乏社会的时事。感怀者必是心有所系,知秋者总会事有所忧。故语时事则指而可想,论怀抱则旷而且真。若非大贤笃志,孰能如此?也只有平时感时忧国者,才有不同常人的眼光,不同常人的见识,才能在花草、车马、时曲、习俗之中,补察时政,泄导人情,体会出政治得失和时事迁变的大道理。

第二章 不拘一格,风格多样的写景抒情诗

隋炀帝杨广,作为一代帝王,其写景抒情诗往往能够营造出优美的意境,传递不一样的心志。《晚春诗》就是如此。

此诗,隋炀帝身在东都洛阳,晚春时节,看到周围的景色,不禁生发感触。前两句"洛阳春稍晚,四望满春晖。"指出东都洛阳的春稍晚一些,本是晚春时节,而极目望去,还到处是满眼的春色,一派春光,宛若阳春时候的生机但又超过阳春时的繁盛。

"世叶行将暗,桃花落未稀。"指出了晚春时节的特点。晚春已经进入了春季的末尾,即将逝去但还有余韵。晚春时节即将使春季走向结束,桃花已经开始衰落凋零,但是依然还算是浓艳,没有稀稀拉拉的衰败景象。

接着"窥檐燕争入,穿林乌乱飞。"描绘了一幅晚春时节燕子争相"入檐",乌鸦穿林乱飞的景象。前一句描写燕子争入巢,没有明确的意义指向,但是紧接着描写了乌鸦穿林乱飞的景象,两句相连接,实际上说明了当时的时局动荡,诗作中的"燕"、"乌"寓意纷纷揭竿而起的农民起义。

由于隋炀帝大兴土木、几番征辽,滥用民力,隋朝末年农民起义已经是风起云涌。尤其是大业七年(611年),隋炀帝动员全国之力征伐辽东,这成为他个人的历史转折点,也成为隋王朝从极盛急剧转向乱亡的转折点。

此次征伐辽东以失败而告终,但是对于纷纷而起的起义军,隋炀帝并没有给予重视,而是继续开疆扩土未完成的大业——征辽。"世叶行将暗,桃花落未稀。"也透露出了隋炀帝对国内起义的轻视,认为国内起义无关大局,只要征辽成功,随时可

重读隋炀帝
——中国帝王史上极具才华的诗歌向导

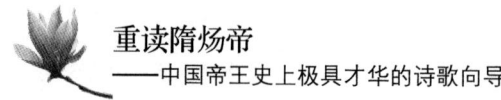

以平定国内的起义和叛乱。与蒋介石"攘外必先安内"的策略不同,隋炀帝奉行的是"攘内必先安外"。这从一定程度上也显示了隋炀帝好大喜功、极度自负的心理。

于是,大业九年(613年)正月,隋炀帝再次发布总动员令,征天下兵马于涿郡。同年三月,隋炀帝又踏上了亲征辽东的征途,四月二十七日,隋炀帝渡过辽水,第二次征伐辽东的战役正式拉开序幕。

最后两句"唯当关塞者,溽露方霑衣。"写出宿卫边塞的人,被繁多的露水浸湿衣服。这两句就点明了隋炀帝第二次征辽的举措,表达了隋炀帝对征伐四方的雄心壮志。其中"溽露"意为繁多的露水。

纵观全诗,是一首晚春的写景抒情诗,但也是一首托物言志、在国内农民起义和征伐辽东两者之间的一封"选择书"。国内的农民起义虽然已然风起云涌,但此时的隋炀帝仍旧拥有一股不可战胜的帝王之气,面对国内的农民起义从来没有重视过,加上隋炀帝少年时即征战四方,无往而不胜,他的雄心壮志依然在征辽大业上,希望四海归一,万国归服,真正实现"天下一统"。

第二章 不拘一格，风格多样的写景抒情诗

日落苍山静，云散远山空

"绿树浓阴夏日长，楼台倒影入池塘。水晶帘动微风起，满架蔷薇一院香。"这是唐末大将高骈的《山亭夏日》。其中诗句对夏日风景进行了很好的描绘，一幅优美的夏日风景图跃然纸上。所以，夏季是一个充满诗情画意的季节，在夏季的大观园里，繁花似锦，绿树成荫，池塘妙趣，满莲生香。这就是夏季在大自然中的盛景。

也正是因为这样，夏季成了诗人的天堂，成为了文人骚客歌咏兴致的对象。其中，隋炀帝杨广对夏季景色也青睐有加，有过描绘。不过与其他的诗人不同，在繁华的夏日里，隋炀帝杨广看到的风景更加的幽静，且在幽静淡远的景色中透露出一丝的怅望之感。题名为《夏日临江》。

且看其诗作：

夏日临江

夏潭荫修竹，高岸坐长枫。

重读隋炀帝
——中国帝王史上极具才华的诗歌向导

> 日落苍山静,云散远山空。
> 鹭飞林外白,莲开水上红。
> 逍遥有余兴,怅望情不终。

毋庸置疑,隋炀帝杨广是一个富有才华的诗人,也有许多优秀的作品问世。而这些作品在形式上比较艳丽,表达了隋炀帝杨广丰富的情感。其中,《夏日临江》诗就展现了隋炀帝杨广写景抒情诗的高超功力。

这是一首描写夏日江边景观的五律。诗作的前两句"夏潭荫修竹,高岸坐长枫。"以淡雅细腻的笔触描绘了江边的大致景观,"夏潭"、"修竹"和"长枫",营造出一种清新宁静的夏日临江图。中间两联"日落苍山静,云散远山空。鹭飞林外白,莲开水上红。"不仅工对严整,声韵和谐,动静结合,而且意境优雅,耐人寻味,堪称名句。尾联"逍遥又余兴,怅望情不终。"抒发了作者观景的浓浓兴致以及不尽的怅望之情。从整体来说,此诗可谓是景美、意正、情浓、味雅,如同沈德潜在《古诗源》中的评价所说:"能作雅正语,比陈后主胜之"。

同时,《夏日临江》诗写景细腻,逼真,色彩明丽。但是,却丽而不艳,柔而不淫,"修竹"、"沧浪"、"鹭"、"莲"都是南朝诗歌中常用的物象,但诗的格调却是北方式的质朴、阔达,再融入作者的"逍遥"、"怅望"之情,境界高远,意境含蓄,是对南北诗风的融合,是隋炀帝杨广对南方诗歌的一种改造和有意识的创作。

第二章 不拘一格，风格多样的写景抒情诗

这首写景诗歌刻画的也非常逼真，场面壮美，境界雄奇，它给人展现的是一幅幅层次清晰、色彩丰富而富有动感的画面。为了配合诗歌所表达的意境，隋炀帝杨广选用的词藻秀美，把个人的情思融入清丽的语言之中，达到了一种情景交融的境界，表达了隋炀帝杨广怅然忘归的思想感情。

而且，这首诗对特定的时节，特定的景物，都有很细腻的体察和逼真的描绘，将"日落沧江"、"云散远山"等博大景象和"鹭飞林外"、"莲开水上"等细小物象组合成极富审美张力的空间意象，中间杂以隋炀帝杨广的惆怅之情，创造出含蓄慰藉的意境。特别是"鹭飞林外白，莲开水上红。"不仅在对仗上极为工整，而且在色调上，用红和白两种颜色形成强烈的对比，构成一种反差，增强了视觉效果，在技巧上很见功底。

明代文学家张溥在《汉魏六朝百三家集题辞·隋炀帝集》中云："陈隋文哀，帝王有作，与众同波"。南朝至隋，帝王诗中不作王霸之语，而与民间诗人同一风格，确是一种良好的风气。而这一过程中，杨广的诗风功不可没。隋炀帝杨广的写景抒情诗在一定程度上显示出了这方面的倾向。

不仅如此，隋炀帝杨广的诗作《夏日临江》诗推动了诗歌的格律化。魏晋南北朝之后，近体五、七言逐渐定型，这里隋炀帝杨广也功不可没。诗歌从四言发展到五言、七言，从古体诗发展到律体诗经历了一个漫长的演化过程。隋炀帝杨广的《夏日临江》诗已经很接近唐人的五律，其中"日落苍山静，云散远山空。鹭飞林外白，莲开水上红。"对仗非常工整，可以说已经使五言渐趋成熟。

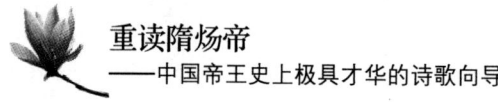

重读隋炀帝
——中国帝王史上极具才华的诗歌向导

因此,隋炀帝杨广的诗作《夏日临江》诗是一首十分优秀的五言律诗,具有很高的文学成就和文学影响力。另外,从诗句中隋炀帝杨广流露出的怅望之情来看,《夏日临江》诗应该是隋炀帝晚期时的作品。

隋炀帝杨广晚期,已经不复当年的雄心壮志和积极奋发,而是散发出一种消极颓废、惆怅满怀的状态。在这样的心态影响下,隋炀帝杨广眼中的景致也是灰暗的。

第二章 不拘一格，风格多样的写景抒情诗

露浓山气冷，风急蝉声哀

悲秋，表示对萧瑟秋景而伤感。语出《楚辞·九辩》："悲哉！秋之为气也。萧瑟兮，草木摇落而变衰。""伤春悲秋"是中国古代文人一种带有颓废色彩的情结！这种情结，基本上影响了中国古代所有的文人。特别是刘禹锡的一句："自古逢秋悲寂寥"，更是将悲秋写入了中国的诗坛。

而且，中国诗人大多是怀才不遇的文人士大夫，他们的政治抱负无法实现，不免要寓于他物以求自慰。唐代著名诗人杜甫《登高》诗："万里悲秋常作客，百年多病独登台。"因此，秋季在中国诗人的眼中常常是怀才不遇、政治失意，抱负不得施展的代名词，其背后往往隐藏着一定的伤感。

其中，隋炀帝杨广也有描写秋季的诗作，但是隋炀帝杨广的悲秋诗不同于一般诗人的悲秋诗。下面，就让我们一起来欣赏一下其悲秋的佳作。

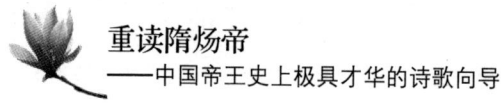

重读隋炀帝
——中国帝王史上极具才华的诗歌向导

悲秋诗

故年秋始去,今年秋复来。
露浓山气冷,风急蝉声哀。
乌击初移树,鱼寒欲隐苔。
断雾时通日,残云尚作雷。

"故年秋始去,今年秋复来。"去年秋天刚刚过去,今年秋天又已来临。这两句诗是对时间的描述,但细细读来也不仅仅是对时间的描述。同样是秋天,去年今日,已然不同,但是失败的结局却是惊人的相似。第一次征伐辽东,大业八年(公元612年)七月,高丽军发起总反攻,隋军大败,一时间溃不成军。今年,第二次征伐辽东,大业九年(公元613年)六月,杨玄感起兵叛变,当月夜半二更,隋炀帝杨广密诏诸将秘密撤退,所有军资、器械、攻具、帷帐全都留下,积如丘山,弃之而去。同年八月,杨玄感起兵被平息。就这样,隋炀帝第二次收复辽东,一场本应胜利的战争,被杨玄感的反叛而扰,再告失败。

两次征伐辽东均在秋季遭遇失败,加上本来秋季就是一个肃杀的季节,两相对照,隋炀帝无不感慨万千,遂发出"故年秋始去,今年秋复来"的无限感叹,其中的惆怅、愤懑和不平溢于言表。细细读之,还有一种类似于"年年岁岁花相似,岁岁年年人不同"的怅望之感。

接着"露浓山气冷,风急蝉声哀。"描写了此年秋季的景

第二章 不拘一格，风格多样的写景抒情诗

色，浓重的露水，寒冷的山气，一派肃杀寂寥凄寒的景象，而"风急蝉声哀"则把自己的愁绪寄托于蝉声，风急蝉鸣本属正常，然而隋炀帝两番征辽失败后看到此番景象不禁惹来愁绪万千，感叹自己的时运不济，哀叹不已。

"乌击初移树，鱼寒欲隐苔。"继续延续这样一种情绪，这两句写出了乌鸦在林中穿梭的时候会躲让树木，鱼儿寒冷的时候会想要把池边的苔藓隐去。这是对秋季乌鸦和鱼儿的描写，是对秋季肃杀景象的进一步描写。

最后两句"断雾时通日，残云尚作雷。"天空中的残雾有时能有日光照射进来，零散稀疏的残云尚且还能够引发一声惊雷。其中"断雾"是指残雾，"残云"是指零散稀疏的云。这两句以两次征辽失败为背景，以"断雾"和"残云"比喻两次征辽失败后隋军遭受的重创，但是重创之下仍有斗志，余下的将士仍能够像"残云"那样引来一声惊雷，一改颓势。由此观之，隋炀帝杨广虽然经历了两次征伐辽东的失败，心有失落和不忿，但是仍不甘心接受失败的结局，仍然想要重整旗鼓，振我军威。

因此，大业十年（614年）十月，隋炀帝杨广再次亲征高丽，出兵怀远镇。然而，事与愿违，"是役之水师，直捣平壤，已操胜算，惜以高丽乞降而罢兵。"至此，隋炀帝杨广第三次征伐辽东的战争便不了了之。虽然如此，但是从《悲秋诗》中我们不仅看到隋炀帝的失落和愁绪，更看到了隋炀帝积极乐观的斗争意志。

同时，隋炀帝杨广的《悲秋诗》对唐人的诗作亦不无影响，其《悲秋诗》中的"故年秋始去，今年秋复来"极为典致，唐

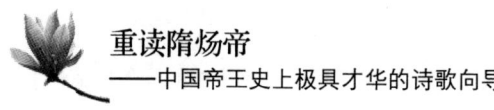

重读隋炀帝
——中国帝王史上极具才华的诗歌向导

代著名诗人罗隐在其《广陵秋夜度进士常修三篇因题》中化引为："剑关夜读相如听，瓜步秋吟炀帝悲"可见一斑。下面，我们就不妨赏读一下罗隐的《广陵秋夜进士常修三篇因题》。

广陵秋夜度进士常修三篇因题

入蜀归吴三首诗，藏于筒箧重于师。
剑关夜读相如听，瓜步秋吟炀帝悲。
景物也知输健笔，时情谁不许高枝。
明年二月春风里，江岛闲人慰所思。

另外，对于隋炀帝杨广的《悲秋诗》，王胄和有和诗一首，题名为《奉和悲秋应令诗》。王胄少有逸才，陈亡入隋，晋王杨广引为学士，大业初为著作佐郎，以文词为炀帝所重视，曾从征辽东，功绩显赫。下面，我们就来赏读一下王胄的这篇《奉和悲秋应令诗》。

奉和悲秋应令诗

秋天拟文学，秋水擅庄蒙。
草湿兼葭露，波卷洞庭风。
便坐翻桑叶，长坂歇兰蕛。
檐喧犹有燕，陂静未来鸿。
蝉噪闻疑断，池清映似空。
刘安悲落木，曹植叹征蓬。
重明岂凝滞，无累在渊冲。

第二章 不拘一格，风格多样的写景抒情诗

> 随时四序合，应物五情同。
> 发言形恻隐，睿作挺神功。
> 下材均朽木，何以慕凋虫。

王胄的《奉和悲秋应令诗》把秋季的景象描绘得也十分形象生动。尤其是中间几句"草湿兼葭露，波卷洞庭风。便坐翻桑叶，长坂歇兰蕖。檐喧犹有燕，陂静未来鸿。蝉噪闻疑断，池清映似空。"把秋季的景色描绘的令人称赞，堪称佳句。

接着，"刘安悲落木，曹植叹征蓬。重明岂凝滞，无累在渊冲。随时四序合，应物五情同。"抒发了对秋季时节的感叹，字里行间流露出凄凉之感。和隋炀帝杨广《悲秋诗》中的"断雾时通日，残云尚作雷。"相比，明显英雄气不足，缺乏积极乐观的斗志。

虽然，王胄诗作的结尾处，"发言形恻隐，睿作挺神功。下材均朽木，何以慕凋虫。"基调有所回转，但是与隋炀帝杨广"残云尚作雷"的雄心壮志、不惧挑战、无畏挫败的精神相比还是稍逊风骚的。因此，从隋炀帝杨广的诗作，我们不难发现，炀帝即位之初有宏伟的抱负、坚忍不拔的毅力和积极乐观的精神。这些都使得隋炀帝杨广在征辽的过程中愈挫愈勇，不怕跌倒，不言失败。

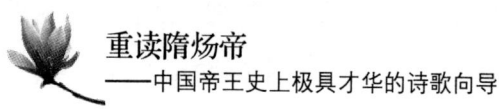

重读隋炀帝
——中国帝王史上极具才华的诗歌向导

月影含冰冻,风声凄夜寒

冬日的景色常常可以用萧索来形容,枯萎的树,灰色的天,还带着丝丝的寒意。因此,与春季不同,冬季缺乏必要的生机和活力;与夏季不同,冬季少了一份热烈和狂欢;与秋季有异,冬季更加肃杀萧条。因此,冬季是一个更容易惹人情愫,更容易让人感伤的季节。也正是因为这样,文人骚客对冬季的描写常常蒙着一层灰色,令人不胜唏嘘。

其中,隋炀帝杨广就写有一组四季诗。关于冬季,隋炀帝杨广曾留诗一首。大业十年(614年),隋炀帝杨广重整旗鼓,第二次征伐辽东。七月,高丽遣使请降,隋炀帝杨广在几次三番地征伐辽东之后,总算挽回了一点颜面,加上对辽东的数次征讨也已经使自身"精疲力尽",于是来者不拒,派使臣持节召来护儿退兵。至此,第三次征伐辽东的战争以所谓的"胜利"不了了之。

是年八月,隋炀帝杨广自怀远镇班师,十月三日回到东都洛阳,稍作停留,当月二十五日,又从东都回到西京长安,举

第二章 不拘一格，风格多样的写景抒情诗

行告庙仪式，宣示征辽得胜凯旋，以告慰列祖列宗。而此时正值冬日，眼前一派萧索肃杀的景象，隋炀帝杨广看到此种景象，不禁有所感触，遂作诗一首，题名为《冬夜诗》。

且看其诗作：

冬夜诗

不觉岁将尽，已复入长安。
月影含冰冻，风声凄夜寒。
江海波涛壮，崤潼坂险难。
无因寄飞翼，徒欲动和銮。

《冬夜诗》作于隋炀帝杨广后期，这首诗的手法与前期相比较更加纯熟；而且从诗歌的字里行间中，我们也能够感觉到隋炀帝杨广后期反映出来的沮丧失落之感。

"不觉岁将尽，已复入长安。"描写当时的时节以及回返长安的情景。冬季是一年将尽之日，而这时候已经返回西京长安。这两句看似是平白直接的描述，交代时间和地点。然而，"不觉"和"已复"却使这两句诗富有深意。自大业八年（612年）正月，第一次征伐辽东，至大业十年（614年）十月第三次征伐辽东回朝，不知不觉已经过去了几个春夏秋冬。现如今，恰值一年将尽之时，无不感慨万千，回首过往，顿感时间如梭。"已复"也深深的体现了这一意味，自第一次征辽举行告庙仪式，到今日第三次征辽的"胜利"举行告庙仪式，已经过去数年，现今重回长安，不觉心中稍感安慰。

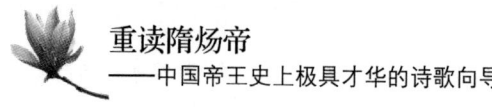

重读隋炀帝
——中国帝王史上极具才华的诗歌向导

接着"月影含冰冻,风声凄夜寒。"描写了冬日夜晚的寒冷之状。皎洁的月光下,冰冻的一切辉映在月影之中,风一阵阵吹来使夜更加的寒冷。这两句诗对冬日夜晚直观详细的描绘,凄清幽冷,描写了冬日夜晚的凄冷寒索。但是,从这两句的描写中,我们不禁隐隐察觉大隋帝国有点来日大难的预兆,隋炀帝杨广第三次征辽虽然使高丽投降,但是他也清楚此次征辽实际上并无建树,观之目前局势,也已然察觉到隋朝的前路堪忧。

"江海波涛壮,崤潼坂险难。无因寄飞翼,徒欲动和銮。"写出了隋炀帝几次三番征辽的原因和要达到的目的。"江海波涛壮,崤潼坂险难"这两句写出了征伐辽东的艰辛,隋炀帝杨广率大军征伐辽东,需要长途跋涉,跋山涉水,经过崤山河潼关之险。但是最后两句"无因寄飞翼,徒欲动和銮。"表达了隋炀帝数次征辽,只是因为实现四海升平,天下归一的宏愿。而自南北朝以来,高丽一直实施着联络南朝和北方游牧民族、挑衅中原政权的策略,这实际上是一种蚕食和半包围的战略。显然,这对大隋帝国来说,是一个莫大的威胁。

帝王终究要做帝王的事。三征辽东只因"徒欲动和銮"。因此,这两句实则是在长安告慰太庙的所作之语。其中"崤潼"是指崤山和潼关,"和鸾"是指相安和谐、和睦。

另外,从这首诗作中,我们也能够明显地感觉到,此次回到西京长安告慰太庙,战胜辽东实为幸事一件,但是字里行间却缺少真正的酣畅淋漓的快乐,只是依靠着心中的那份雄心和斗志在支撑着自己的信念,从而力达自己的诉求,以表达自己的"功绩"。尤其是对冬夜情景的描写,明显地体现了这次告慰

第二章 不拘一格,风格多样的写景抒情诗

太庙并没有多少的欢喜,而是感到与自己初次征伐辽东的目标相距甚远,因此心中不胜感慨,些许的失望和无可奈何昭然若揭。

虽千万人之上,却无真正的快乐可言。这不能不说是作为一代帝王的悲哀,作为一代帝王,应该是内敛而沉着的,然而隋炀帝杨广具有诗人般的气质,常常"多愁善感",缺乏真正的乐趣和快意。尤其是在三征辽东连连受挫,无一不牵动隋炀帝杨广的心,使隋炀帝心灰意懒、无力再战。因此,可以说,隋炀帝杨广的《冬夜诗》虽然是告慰太庙诗的胜利之语,但是与之前征辽途中所作的诗篇不同,这里隋炀帝却缺少所谓的欢愉之色。

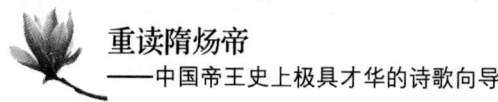

重读隋炀帝
——中国帝王史上极具才华的诗歌向导

虽蒙鞲上荣，无复凌云志

"雪爪星眸世所稀，摩天专待振毛衣。虞人莫谩张罗网，未肯平原浅草飞。"雄鹰具有矫健的身姿、高远的志向和强有力的力量，历来是文人骚客歌咏的对象。这样的诗作又称之为咏物诗，是托物言志或借物抒情的诗歌，通过对事物的咏叹来体现人文思想。

一般来说，咏物诗是我国民族传统诗歌中的精华。文人大都喜欢咏物，比如仅《全唐诗》就存有咏物诗 602 首。但是唐以前也不乏咏物之作。其中，隋炀帝杨广就写了诸多的咏物抒怀诗。《咏鹰诗》就是其中的一首。

下面，我们就来一起欣赏一下隋炀帝的佳作。

咏鹰诗

迁朔欲之衡，忽投尉罗里。
既以羁华绊，仍持献君子。
青骹固绝俦，素羽诚难拟。

第二章　不拘一格，风格多样的写景抒情诗

深目表兹称，阔臆斯为美。

惊兽不及奔，猜禽无暇起。

虽蒙鞴上荣，无复凌云志。

鹰是一种食肉猛禽，人们常称之为"雄鹰"，并以之比喻那些有理想、有抱负的杰出人才。或是以鹰自喻或盼望鹰似的人才来归，亦或是以鹰喻政。

以鹰喻政，史籍中也早有所记载。如《左传》："子产始知然明问为政。"对曰："视民如子，见不仁者诛之。如鹰鹯之逐鸟雀也。"

另据《初学记》引《孔氏传》曰："楚文王好田，天下快狗名鹰毕聚焉。有人献一鹰曰：'非王鹰之俦。'俄而云际有一物，凝翔飘摇，鲜白而不辨其形。鹰于是竦翮而升，矗若飞电。须臾，羽堕如雪，血洒如雨。良久，有一大鸟堕地而死，度其两翅，广数十里，喙边有黄，众莫能知。有博物君子曰：'此大鹏雏也，始飞焉，故为鹰所制。'乃厚赏献者。"

可见，鹰具有搏击长空的豪情壮志，所谓"遥听鹰声出白云，身如闪电击苍穹。"雄鹰在诗人的眼中历来都具有振奋人心的力量，散发着一股强有力的奋发向上的昂扬斗志。在他们的笔下，多重其"何当击凡鸟，毛血洒平芜"的猛气轩举，而隋炀帝杨广笔下这只鹰却处在"虽蒙上荣，无复凌云志。"的灰色状态里，让我们看到了一只壮志消磨后的"家鹰"，颇可玩味。

此诗中，前两句"迁朔欲之衡，忽投蔚罗里"开篇即点出时运不济，误入网笼。其中"蔚罗"是指捕鸟的小网。接着

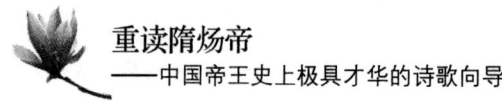

重读隋炀帝
——中国帝王史上极具才华的诗歌向导

"既以羁华绊,仍持献君子。青骹固绝俦,素羽诚难拟。"写出了鹰的状态,青骹虽然行动受限,变得形单影只,但仍然有其可贵之处,仍然不同凡鸟。其中"青骹"是一种青腿的猎鹰,晋人张载《鹯论》:"青骹繁霜,繁于笼中,何以效其搏东郭于鞲下也。""绝俦"是指没有伴侣;"素羽"是指白色的羽毛。

"深目衺兹称,阔臆斯为美。"描写了"青骹"的姿态,它拥有深邃的双目和宽阔的胸部。其中,"阔臆"是指宽阔的胸部。这句姿态的描写与其他的雄鹰姿态的描写明显有所不同,不管是从气势上还是从描写的笔锋上,都显得更加沉静、安稳,缺乏搏击、冲刺、飞翔的动态之美。"静若处子"的描写使得这只鹰透露出淡淡的忧伤和些许失落沮丧的情绪。

诗作的结尾两句"惊兽不及奔,猜禽无暇起。虽蒙鞲上荣,无复凌云志。"表明了隋炀帝笔下的鹰和他人眼中的雄鹰有所不同。雄鹰傲视苍穹,不惧挑战,具有凌云之志,但是隋炀帝笔下的鹰却灵敏不足、力量欠佳,已经没有了凌云之志,少了本该有的那股子英气和奋发向上的斗志和雄心。

其实,这两句也是隋炀帝杨广内心的写照。隋炀帝晚期,大隋帝国风雨飘摇,隋炀帝即位之初的雄心壮志已经在风起云涌的起义浪潮中所作乏力,力不从心。彻底由一只翱翔于九天之上的雄鹰变成了一只战战兢兢的"家鹰",再也伸展不开翅膀,再也搏击不了长空,只能静静地等待最后的时光来临。这两句充满隋炀帝对前路的沮丧、失落和无可奈何,读之可谓"音韵哀切,有恻人心。"

"天生狂鸟鹰傲慢,所向披靡称侠汉。高处险峰总出现,出

第二章　不拘一格，风格多样的写景抒情诗

手有获总凯旋。就餐鲜活无烟灶，春夏秋冬任自闲。一生拼杀不知倦，敢说狂语无愧言。"本来，鹰天生是一只狂鸟，终其一生从不认输，从无愧意。然而对于晚年身处危局，难以施展雄心的隋炀帝杨广来说，这却是对自己心境、状态的一种讽刺和戏谑。

晚年的隋炀帝杨广虽仍有些许雄心，不甘平庸，但是时事所迫，鹰击长空的飒爽英姿已经不复存在，面对无法力挽狂澜于既倒的形势他已经心灰意冷，不复即位之初的雄心壮志。作为一代帝王，行将末路，其内心的失落、沮丧和无可奈何已经颠覆了往日的帝王之气，已经不再有当时诗作的雄壮气势和阔大高远的诗境。然而，他的诗作却比之前表达雄心壮志的作品更加引人注目，让人沉思。

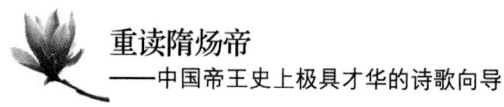

重读隋炀帝
——中国帝王史上极具才华的诗歌向导

寒鸦千万点,流水绕孤村

隋朝晚期,大隋帝国已经行将末路,摇摇欲坠,在声势浩大的农民起义以及兴兵反叛背景下,隋朝每况愈下,艰难地维持生存。隋炀帝杨广虽然有心力挽狂澜,但是已然力不从心,每每看到山河破碎,不禁愁绪万千。

其中,《野望》就是隋朝晚期杨广的一篇诗作。它很好地刻画了炀帝当时的心境,反映了其无可奈何的失落和沮丧。

下面,我们就来看一下炀帝的此篇诗作。

野望

寒鸦千万点,流水绕孤村。
斜阳欲落去,一望黯销魂。

此诗确实写得很好。前两句"寒鸦千万点,流水绕孤村。"是写景:夕阳西下的寥廓的背景之下,天空中一群游鸦匆匆飞过,夕阳照在它们的羽毛上,泛出寒冷的光;视线所及处有一

第二章 不拘一格,风格多样的写景抒情诗

座孤独的小村庄,周围有河水缓缓流过。所写之景空旷、萧疏、冷寂、黯淡。

后两句"斜阳欲落去,一望暗销魂。"旨在抒情,秩序井然,连接贯通,融为一体。尤其是最后一句表明,所言之情幽冷凄清。景以情合,"一望暗销魂"令全篇意象飞动,境界全出。情与景水乳交融,令人玩味不尽。"黯然销魂者"岂止"唯别而已"。

中间的第三句"斜阳欲落去"可以看作是过渡句,对前两句来说,是写景的归结和着落,而又导入最终的收结,抒发黯然销魂的情绪。

脉脉余晖中透露出无奈的萧瑟与凄凉,寒鸦点点,黯然销魂,笔墨之间无意流露了行将末路的帝王不能力挽狂澜的彷徨与绝望。《野望》在最后一句"一望暗销魂"点出题旨,反映了末世隋朝隋炀帝的纠结心境。

而且,纵观全诗,这完全是诗人的路数。那些出于皇帝之手的诗,或好或差,大都会有帝王气,不是王道就是霸道。而隋炀帝杨广此诗意象高远,恬静淡雅。诗歌中所显示的,无论是情愫心态,还是构思方式,都远超越了他的帝王身份,可见隋炀帝杨广是一个不折不扣的诗人。

同时,《野望》描绘的画面浑然天成,情景悄然融合为一体。这种看似浅显、实则隽永的诗境,既非一味追求清绮的江左诗人所能写,又非素来喜欢质直的北地诗人所能及。唯有隋炀帝杨广这样既具有北地慷慨、豪雄的意气,又习染南人细腻、婉约情怀的"兼善型"诗人才能够创造出来。可以说,隋炀帝

重读隋炀帝
——中国帝王史上极具才华的诗歌向导

杨广的《野望》充分体现了隋代南北诗风融合的创作实绩,同时也预示了后来唐诗发展的一种方向。

因为,隋炀帝曾长期居于南方,他的作品中也有一些融合南北诗风、清新而又气象的诗作。即如蒋寅先生编写的《中国古代文学通论·隋唐五代卷》中所说:隋炀帝其他的一些写景诗也能够将北方诗人的慷慨意气和南方诗人的细腻情怀结合在一起,创造出深沉、蕴藉的诗境来。其中《野望》就是具有代表性的一个诗作。

《野望》从总体风格来看不野不腻,贞刚与清绮并融,慷慨与温婉通会。隋炀帝杨广在诗作中能够很好地融合南北诗风。若说隋代其他诗人的作品还稍显南北诗风合而未融,则隋炀帝却可以说是隋代少有的将南北诗风融会贯通、形成一己之风格并具有影响力的作家了。

《野望》对仗工整,意境凄清,已胜出当时南朝诗人或北朝诗人所作。隋炀帝杨广作为骚人雅士的《秋思诗》(《野望》)已相当高峰。物我交融不留痕迹,潜显意识融通,展现了忧患民族情结。大匠运斤,无斧凿痕,神韵悠悠,不可言语道哉。而且,与元亮"暖暖远人村,依依墟里烟",可谓是灵犀相通。

其实,隋炀帝杨广的诗文,总给人一种寥落和孤寂的意境。"寒鸦飞数点,流水绕孤城。"是什么样的经历和寂寥才能勾勒这样的画面。细细读之,眼前似乎会展开一幅无色的画卷。落寞与萧索就这样淋漓尽致地泼洒在眼前。是孤僻,而孤僻中又尽显雅致。然后,画面中开始有了一丝颜色,不艳,是极淡雅

第二章 不拘一格，风格多样的写景抒情诗

的，斜阳的余晖，淡淡的晕红。可是，这样的晕红却找不着落脚的地方，原来，他的世界里真的没有颜色，就连这样极淡、极浅的红也容纳不下，在他的世界里，能容下的只是销魂而已。"莫道不销魂，帘卷西风，人比黄花瘦！"易安孱弱的肩膀承载不了的，作为帝王的隋炀帝杨广同样承受不了。这样的殇情，在他的很多诗文中均有体现。

同时，隋炀帝杨广的《野望》也广受世人好评，《野望》在明代莫是龙的笔记《笔麈》中得到了高度的评价。英氏在征引了全诗后说："此隋炀帝《野望》诗也，何异唐人五言绝句体耶？秦少游改为小词。"明朝著名文学家王世贞称赞此诗的前两句为"中唐佳境"。

不仅如此，隋炀帝杨广的诗句对后世影响深远。他诗中的佳句，常常成为后世诗人模仿的对象，甚至袭用。《野望》中前三句，就被宋代著名词家秦观在名作《满庭芳》中几乎完全袭用，可以说是血脉相承。比如其中"斜阳外，寒鸦万点，流水绕孤村。"就是袭用的例子。

另外，《野望》所营造的意境、抒发的情感以及所用的表现手法，都类似于元代著名词作家马致远的散曲《天净沙·秋思》。其中的"枯藤老树昏鸦，小桥流水人家，古道西风瘦马。夕阳西下，断肠人在天涯。"是受上述杨广诗句的影响而化出的。隋炀帝的《野望》被唐宋文人也多处引用。

其中，北宋时期著名文学家晁补之曾赞秦观《满庭芳》写寒景的句子说："'斜阳外，寒鸦万点，流水绕孤村'虽不识字人，亦知是天生好言语。"殊不知这"天生好言语"也出自杨

重读隋炀帝
——中国帝王史上极具才华的诗歌向导

广。胡仔讥曰:"其褒之如此,盖不曾见炀帝诗而。"下面,我们也来品读一下秦观的《满庭芳》:

满庭芳·山抹微云

山抹微云,天连衰草,画角声断谯门。暂停征棹,聊共引离尊。多少蓬莱旧事,空回首,烟霭纷纷。斜阳外,寒鸦万点,流水绕孤村。

销魂,当此际,香囊暗解,罗带轻分。谩赢得青楼,薄幸名存。此去何时见也,襟袖上,空惹啼痕。伤情处,高城望断,灯火已黄昏。

秦观位列"苏门四学士",是北宋中后期著名词人,北宋文学史上的一位重要作家,颇得苏轼赏识。秦观的《满庭芳·山抹微云》在宋代广为流传,为一时之作,以致时人有"山抹微云秦学士,露花倒影刘屯田"之称。

可以说,这首《满庭芳》是秦观最杰出的的词作之一。然而,我们不难发现其对隋炀帝的诗作多有借鉴。尤其是"斜阳外,寒鸦万点,流水绕孤村。"不管是取景还是意境都很明显地来自隋炀帝杨广的《野望》。再者,单从字数计,杨广之诗的百分之七十都被秦观使用。可见,隋炀帝的《野望》是有着深远影响的。

所以,隋炀帝杨广虽然在治国理政上不是被后人称道的有名君王,但是在文学上确实是一位正统的诗人。他的诗作具有极高的文学成就,对后世也产生了极为重要的影响,当书之,当记之!

第二章　不拘一格，风格多样的写景抒情诗

蝉鸣秋气近，泉吐石溪深

和北方突厥的关系，一直是隋代政治的战略问题。

公元552年，突厥打败柔然，取而代之，称雄漠北。当时，突厥汗国的疆域，东起兴安岭，西至中亚的康居，成为北方的一支威慑力量。因此，大业三年（607年），为了有效抗御边患，隋炀帝杨广北巡突厥。现在最高领导人外出叫做视察，古时称做巡狩。据《隋书·炀帝纪》记载："大业三年（607年）七月，发丁男百余万筑长城，西距榆林，东至紫河，一旬而罢。"当年八月，隋炀帝杨广抵达榆林视察工作，又于中秋节溯金河而东，同已归附的突厥启民可汗会晤。

但是，有学者考证，此榆林非我们现在称谓的榆林，当时隋炀帝所去的榆林在黄河南岸的托克托附近。不过，两个榆林南北相距并不遥远，也许圣驾也曾到过这一地面。

虽然此榆林非彼榆林，但是隋炀帝在北巡途中路过方山灵岩寺。方山是今位于山西大同市以北25公里的一片丘陵，"南面就京"，"左右山原"，绿树簇拥，碧草朝圣。远远望去，酷

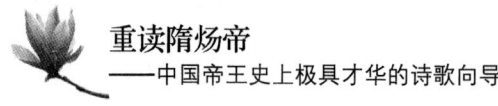

重读隋炀帝
——中国帝王史上极具才华的诗歌向导

似一块墨玉紫砚。

昔时,方山四周建有庙宇、殿堂,更有方山石窟寺,蔚为壮观。而且,方山脚下曾是一片湖水,美名"灵泉池"。春来塞上,白杨夹堤,波色微明,"晶晶然如镜之初开而冷光之乍出于匣也",所以郦道元以"皎若圆镜"称之。正是李清照向往的人间词境:"水光山色与人亲,说不尽,无穷好。"

方山灵岩寺始建于东晋,唐后与国清寺、栖霞寺、玉泉寺并称为"海内四大名刹",位列其首。

隋炀帝杨广北巡,登临方山,灵岩寺幽深的景色和安静祥和的气氛使炀帝内心清净,心生感慨,遂作诗一首,题名为《谒方山灵岩寺》。

谒方山灵岩寺

梵宫既隐隐,灵岫亦沈沉。
平郊送晚日,高峰落远阴。
回幡飞曙岭,疏钟响昼林。
蝉鸣秋气近,泉吐石溪深。
抗迹禅枝地,发念菩提心。

此诗见于《广弘明集》卷三十,写于隋炀帝杨广北巡途中,景色描写可圈可点。首两句"梵宫既隐隐,灵岫亦沈沉。"描写了隋炀帝在北巡途中观灵岩寺在方山之中隐隐若现,似有还无,其中"梵宫"是指佛寺,"灵岫"是指仙山的峰峦。

接着"平郊送晚日,高峰落远阴。"以两相对比的手法营造

第二章 不拘一格，风格多样的写景抒情诗

出一种阔大高远的场景：在地势低平的行军途中望着远处的落日，高高的山峰与落日的余晖交映在一起。这种极目远眺的场景描写瞬间把空间扩大了，把脚步放慢了。

"蝉鸣秋气近，泉吐石溪深。"描写的景色极富生活气息和哲理意味。"秋蝉"一般是秋季的景观，由"蝉鸣"而指出"秋气近"；白天的树林非常安静，清澈的泉水由石溪中喷出，由泉水之声响来作衬托，以突出方山安静祥和的氛围。

尾句"抗迹禅枝地，发念菩提心。"由景色描绘点出心意，表达了隋炀帝杨广在方山灵岩寺的环境熏染和影响下，内心变得安静并萌生利益一切众生的"菩提之心"。当然，这里的"菩提心"并不是指单纯的利他之心，更多的是希望顺利地达成北巡的政治目的，实现自己的政治理想，成就大隋帝国，兼济天下。其中，"抗迹"是指高尚其志行、心迹；"禅枝"意为辅助坐禅之助力，也比喻为智慧；"发念"意为萌生念想。

同时，隋炀帝杨广诗作中用"梵宫"、"疏钟"、"蝉枝地"、"菩提心"等佛家意象即用语，高标主题，佛理意味甚浓。再用"灵岫"、"回幡"增加其效果。当然，"高峰落远阴"、"疏钟响昼林"、"蝉鸣秋气近，泉吐石溪深"等诗句，写景清疏而空灵，颇近禅意。所以，这首诗作文辞洗练，意境高妙，可以看作是一首较早的难得的禅诗。

纵观全诗，诗作中的景色不再是单一的、孤零零的景色，而是把景色与灵岩寺融合在一起，将周边景色与禅理融为一炉。在对方山灵岩寺的环境描述中，我们的心会不由自主地安静下来，去细细体味灵岩寺的风景，好好反观自己的内心，从而使

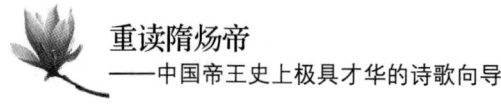

重读隋炀帝
——中国帝王史上极具才华的诗歌向导

自己整个人也安静下来。

事实上,隋炀帝本来就对佛教青睐有加。比较代表性的就是隋炀帝广度僧尼,据记载隋炀帝"所度僧尼,一万六千二百人"。其中在大业三年(607年)正月二十八日,在北巡之前,隋炀帝杨广就一次性度僧1000人之多,而且杨广还在洛阳设无遮大会(佛教每五年举行一次的布施僧俗的大斋会),度僧尼120人。至于其他小规模的度僧更是不计其数。

因此,隋炀帝对佛教是心有所钟的,北巡途中看到方山灵岩寺,察其美景,自然不会放过。当然,杨广也确实十分完美地把这场美景带给了我们每一个人。

另外,对于此诗,隋炀帝杨广著书郎诸葛颖曾和诗一首,题名为《奉和方山灵岩寺应教》。我们不妨看一看,略作比较。

奉和方山灵岩寺应教

名山镇江海,梵宇驾风烟。

画栱临松盖,銮牖对峰莲。

雷出阶基下,云归梁栋前。

灵光辨昼夜,轻衣数劫年。

一陪香作食,长用福为田。

诸葛颖的这首《奉和方山灵岩寺应教》也写出了方山灵岩寺的宏伟和高远,尤其是前几句"名山镇江海,梵宇驾风烟。画栱临松盖,銮牖对峰莲。雷出阶基下,云归梁栋前。"写出了灵岩寺的宏伟扩大,浩浩然如飞来之寺。然而,和隋炀帝杨广

第二章 不拘一格，风格多样的写景抒情诗

的《谒方山灵岩寺》相比较就略逊风骚了。

隋炀帝杨广的诗作中不仅在景物描写上气象阔大，描写的意象准确传神，更为重要的是，隋炀帝杨广的写景诗句中不单单是写景，或是不单单是表现出外观的景色，更多的是景色背后的禅理和哲思，这是诸葛颖的《奉和方山灵岩寺应教》中所不足的。

诸葛颖的《奉和方山灵岩寺应教》虽然也极力套用佛语，突出佛意，但是无论其意境之优美圆融，还是佛语的精炼自然，都远不及隋炀帝杨广的《谒方山灵岩寺》。所以，在诗词的造诣上，隋炀帝杨广是不容小觑的。

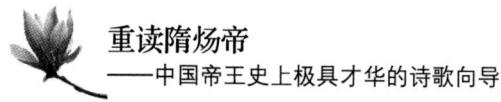

重读隋炀帝
——中国帝王史上极具才华的诗歌向导

幡动黄金地，钟发琉璃台

元宵节古称上元节，是春节庆典活动的又一高潮。而正月十五元宵佳节，历来是文人骚客歌咏的对象。比如人们印象颇深的《青玉案·元夕》中的名句"众里寻他千百度，蓦然回首，那人却在，灯火阑珊处。"正是元夕之时所作。又如"去年元夜时，花市灯如昼。月上柳梢头，人约黄昏后。"也是描写元宵佳节的诗句。

这些佳句是随着时间的流逝，被人一遍一遍地传唱歌咏，但是对于元宵佳节的诗句描写，他们远远不是开拓者。而隋炀帝杨广的《正月十五日于通衢建灯夜升南楼》可以说是中国最早的描写元宵佳节的诗作了。

周隋之世，每逢正月十五，百姓大戏，张灯结彩，热闹异常。《隋书·音乐志》中言道："始齐武平中，有鱼龙烂漫、俳优、朱儒、山车、巨象、拔井、种瓜、杀马、剥驴等，奇怪异端，百有余物，名为百戏。周时，郑译有宠于宣帝，奏征齐散乐人，并会京师为之。盖秦角抵之流者也。开皇初，并放遣。"

第二章 不拘一格，风格多样的写景抒情诗

隋文帝从俭治国，反对百戏，曾下令禁止，但似乎民间禁而不绝。其中《隋书·长孙平传》曰："（长孙平）在冑数年，会正月十五，百姓大戏，画衣裳为鳌甲之象，上怒而免之。"长孙在冑时间大约为开皇中期。由此可知，当时民间正月十五依然如故。

隋代诗人薛道衡有《和许给事善心戏场转韵诗》就记录了正月十五的情形，且十分详细精彩，如"万方皆集会，百戏尽来前。临衢车不绝，夹道阁相连。"显然，周隋之世，正月十五日俨然成为了一个狂欢节。其中，两个特点十分明显，一是灯火，二是百戏。也正是因为这样，唐以后正月十五又称之为"灯节"。

大业六年（610年）正月十五，为了接待西域各国酋长和商人，充分展示大隋朝的盛威，"隋炀帝于东都洛阳端门街盛陈百戏，执丝竹者万八千人，声闻数十里，自昏至旦，灯火光烛天地，终月而罢，所费巨万。"又下令装点市容，要求檐宇统一，珍货充积，店设帏帐，人穿华服，地要铺上用龙须草编的席子，街道两边的树上也要披绸挂缎，装扮得五彩缤纷。客人经过酒店，要邀入进餐，"酒饱而散，不取其值"。

据记载："隋炀帝大业二年正月十五日，诸夷大献方物。突厥启民以下，皆国主亲来朝贺。乃于天津街盛陈百戏，自海内凡有奇伎，无不总萃。崇侈器玩，盛饰衣服，皆用珠翠金银，锦罽绣绣。其营费钜亿万。关西以安德王雄总之，东都以齐王暕总之，金石匏革之声，闻数十里外。弹弦撋管以上，一万八千人。大列炬火，光烛天地，百戏之盛，振古无比。自是每年

重读隋炀帝
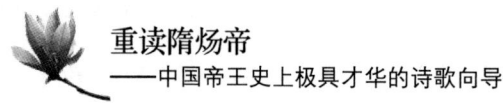
——中国帝王史上极具才华的诗歌向导

以为常焉。"

这里表述隋炀帝时期元宵节的奢华景象。其奢华程度,可见一斑。而且,从大业二年(606年)始,隋炀帝杨广每年都在正月十五日这天,设置歌舞场地,绵延八里,文武百官沿路搭起看棚,通宵达旦地观赏烟花盛景。这种阵势,可谓鸣鼓聒天,燎炬照地,撼人心魄。

这灯火辉煌、繁盛无比的元宵佳节无不体现着一派国泰民安的景象,而此时隋炀帝踌躇满志,满心抱负,登南楼观之,看此盛大场景,遂写诗一首,题名为:《正月十五日于通衢建灯夜升南楼》。

且观其诗作:

正月十五日于通衢建灯夜升南楼

法轮天上转,梵声天上来。
灯树千光照,花焰七枝开。
月影凝流水,春风含夜梅。
幡动黄金地,钟发琉璃台。

此诗见于《广弘明集》卷三十。作为隋炀帝杨广的优秀作品,此作不仅文辞秀丽大气,而且还富有禅理意味。事实上,隋炀帝杨广的诗文受佛教的影响最大,他留下来的诗文大部分与佛教有关,其诗歌亦充满禅理。此作亦是如此。

通过对杨广此诗作的阅读,不由得我们想到了西方的极乐世界,如《阿弥陀经》云:"极乐国土有七宝池,八功德水,

第二章 不拘一格，风格多样的写景抒情诗

充满其中。池底纯以金沙布地，四边阶道，金、银、琉璃、玻璃合成"，"彼佛国土，常作天乐，黄金为地，昼夜六时，雨天曼陀罗华。"诗中的"黄金地"、"琉璃台"皆为极乐世界所独有。显然，隋炀帝杨广诗作充满佛道思想。这是之前的描写元宵节的诗作中从未有过的元素。当然，佛家的参与是可能的，只是其他的文献鲜有特别的记载而已。而隋炀帝杨广观看及记录的可能恰好有佛教的参与。因此，隋炀帝的诗作中没有记录百戏，而是突出描绘所见之烟火，并用"法轮"、"梵声"、"幡"、"钟"等表现其佛教特色，使得整首诗作具有浓郁的佛教气息和禅境意味。

不过，隋炀帝杨广的诗作字里行间也透露出其大气磅礴的文风，他注重把眼光放在大处，眼界阔大。尤其是在遣词用句上，俨然一股帝王之气。

开皇十年（590年）十一月，晋王杨广奉命赴江南任扬州总管，平定江南高智慧等人的叛乱。后来，直到开皇二十年（600年），杨广一直镇守扬州，长达十年之久。在此期间，作为两度带兵南下的征服者，要被南方人民接受，必须要扭转、改变自己的形象。因为，自平陈以后，叛乱虽平，但是江南并不安稳，隋朝对江南的统治还十分脆弱。

平陈之后，隋朝官员完全改变了江南地区以往刑罚宽松、执行不严的情况。尚书右仆射苏威又撰写了《五教》，即五常之教：父义、母慈、兄友、弟恭、子孝等五种应常行不悖的礼仪规范的教义。而且，还令江南百姓无论男女老少都得熟读，因此士民抱怨。当时江南民间又传言隋朝将要把百姓都迁徙到关

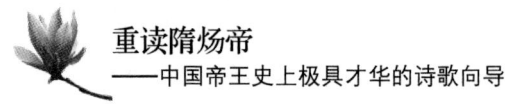

重读隋炀帝
——中国帝王史上极具才华的诗歌向导

内去,于是远近惊骇。江南各地叛乱频起,在陈原来管辖的境内各地,几乎都发生了反叛,各地互相声援,声势日大。开皇十年(590年)十一月,"陈之故境,大抵皆反",正是在这样的背景下,隋文帝杨坚下诏任命杨素为行军总管,率军前去讨伐,晋王杨广为扬州总管,驻守扬州。

与杨素的血腥镇压不同,杨广注重精神抚慰和政治改造及统治。因此,这一时期,晋王杨广对宗教尤其是佛教表现出极大的热心,希望利用宗教沟通南北僧俗隔阂已久的心声,消弭南方人民的反隋情绪。

而且,此间晋王杨广学江南方言,娶江南妻子,亲近江南学子,重用其中的学者来整理典籍。他亲自实地在江南花了十年来拢络民心,自此南北朝之后和北方隔离多年的江南才始归顺中央,更使得之后唐朝在南方的统治得以顺利进行。

即使是在即位后,隋炀帝杨广也十分重视佛教。即位后,炀帝杨广在大业元年(605年)为文帝造西禅定寺,又在高阳造隆圣寺,在并州造弘善寺,在扬州造慧日道场,在长安造清禅、日严、香台等寺,又舍九宫为九寺,并在泰陵、庄陵二处造寺。又曾在洛阳设无遮大会,度男女一百二十人为僧尼。并曾令天下州郡行道千日,总度千僧,亲制愿文,自称菩萨戒弟子。传称他一代所度僧尼共一万六千二百人。又铸刻新像三千八百五十躯,修治旧像十万零一千躯,装补的故经及缮写的新经,共六百十二藏。炀帝还在洛阳的上林园内创设翻经馆,罗致译人,四事供给,继续开展译经事业。

因此,这一时期,隋炀帝杨广笃好宗教尤其是佛教,其诗

第二章 不拘一格，风格多样的写景抒情诗

作也大都具有浓重的宗教意味。《正月十五日于通衢建灯夜升南楼》就是其思想主张的鲜明体现。前两句"法轮天上转，梵语天上来。"就十分明显地流露出隋炀帝诗作的佛教思想，遣词用语多与佛教有千丝万缕的联系，把燃放的烟花喻作"法轮"，把热闹欢笑的喜气声比作"梵语"。这一切都是隋炀帝杨广佛教思想的自然流露。

接着"灯树千光照，花焰七枝开。月影凝流水，春风含夜梅。"描写了元宵佳节京都的盛大场景。燃放的烟花爆竹犹如火树银花，凌空照耀大地，明亮的月光映着流水，在春风的吹拂下，夜空下的腊梅陡然而立。这种景色的描绘一动一静，前两句极力描绘烟花的盛景，后两句极力描写"月影"、"流水"、"春风"、"夜梅"安静却皎然独立的景象，不禁令人窥见隋炀帝杨广在热闹盛大的元宵佳节时仍有一份细腻和沉静，并没有完全沉溺于盛大的元宵盛景之中。而且，这也体现了隋炀帝杨广在描写景物方面的艺术造诣。

同时，隋炀帝杨广的《正月十五日于通衢建灯夜升南楼》对后世描写元宵节的诗句也是颇具影响的。其中，唐人苏道味所作之《正月十五日夜》中意境就源自杨广的诗作，下面我们就来看一下苏道味的这首诗作。

正月十五日夜

火树银花合，星桥铁索开。
灯树千光照，明月逐人来。
游妓皆秾李，行歌尽落梅。

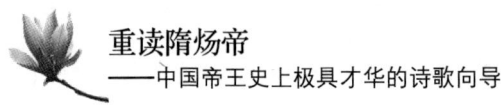

重读隋炀帝
——中国帝王史上极具才华的诗歌向导

金吾不禁夜，玉漏莫相催。

《正月十五日夜》是唐朝苏道味的一篇咏长安元宵夜花灯盛况的古诗，历代诗评家对此诗歌多有赞赏，出于《全唐诗》第065卷第003首。初唐时期，每年元宵节晚上，长安城里都要摆放花灯。该诗第一句写灯，把灯比作"火树"和"银花"，就有了灯的富丽和多彩，表现出灯的全部辉煌。次句"灯树千光照"则完全来自于晋王杨广的《正月十五日于通衢建灯夜升南楼》。而且，其"火树银花合"、"灯树千光照"之意境也大抵源于隋炀帝杨广的诗作。

可见，一些传世的、被人津津称道的佳作不少是从隋炀帝杨广的诗歌营养中汲取而来的。这在一定程度上显示出了隋炀帝杨广卓越的才情和深远的文学影响。我们不得不为隋炀帝杨广的才情和智谋而拍手叫好。

另外，著书郎诸葛颖对隋炀帝的《正月十五日于通衢建灯夜升南楼》有和诗一首，题名为《奉和通衢建灯应教诗》，可作为比较。

奉和通衢建灯应教诗

芳衢澄夜景，法炬烂参差。
逐轮时徙焰，桃花生落枝。
飞烟绕定室，浮光映瑶池。
重阁登临罢，歌管乘空移。

第二章 不拘一格,风格多样的写景抒情诗

诸葛颖的《奉和通衢建灯应教诗》把正月十五的盛景描绘得淋淋尽致。前两句"芳衢澄夜景,法炬烂参差。"写出了干净的街道映着美丽的夜景,灿烂的烟花堪比星斗的光辉。尤其是最后几句"飞烟绕定室,浮光映瑶池。重阁登临罢,歌管乘空移。"把元宵佳节宏大壮丽的场面描得无比热闹和盛大。烟花飞动绕在房室,浮动的光影映照在瑶池之中。登上高楼,歌管丝竹之乐随风流转,飘然而至。这几句把大隋帝国正月十五元宵佳节的盛大场景描绘得淋淋尽致。

同时,诸葛颖的诗作亦用"法炬"、"逐轮"等表现佛意。但是,与隋炀帝杨广的《正月十五日于通衢建灯夜升南楼》相比较还是略有差距,稍逊风骚。诸葛颖的诗作《奉和通衢建灯应教诗》只是在单纯地描写元宵佳节盛大的烟花歌乐场景,但却缺少诗人的主体意识和思想倾向。而且,在禅意的表达上也缺乏圆润纯熟。从这点来看,隋炀帝杨广的诗作是略胜一筹的。

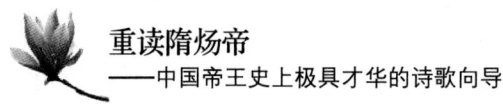

重读隋炀帝
——中国帝王史上极具才华的诗歌向导

云来聚云色,风度杂风音

众所周知,松树蕴含着坚强不屈、不怕被困难打倒的精神,它孤独、正直、朴素,不怕严寒,四季常青,是一个真正的强者。或许也正是因为这样,松树历来是文人骚客歌咏的对象,以松柏象征坚贞。而且,松枝傲骨峥嵘,柏树庄重肃穆,四季长青,历严冬而不衰。《论语》赞曰:岁寒然后知松柏之后凋也。松与竹、梅一起,还素有"岁寒三友"之称。同时,在文艺作品中,人们也常以松柏象征坚贞不屈的英雄气概。

"咬定青山不放松,立根原在破岩中。千磨万击还坚韧,任尔东西南北风。"这是清人郑板桥《竹石》对松树的描写。松树植根于高山峻岭之中,时时承受着来自方方面面的风吹雨打,但大雪压青松,青松挺且直。只要把根扎稳了,再大的风雪也不可怕。

因此,松树常常给人们传递的是一种积极向上的正能量,是一种处于艰险而毅然独立的姿态。松树有强壮的生命力,不管是在悬崖的缝隙间,还是在贫瘠的土地上,只要有一粒种子,

第二章 不拘一格，风格多样的写景抒情诗

它就能茁壮地成长起来。在成长的过程中，它不怕环境恶劣，不被困难吓倒，狂风吹不倒它，洪水淹不没它，严寒冻不死它，干旱旱不坏它。它神采奕奕、毫无畏惧地成长着。

其中，隋炀帝杨广就有一首借松树来表述心志的诗作，题名为《北乡故松树诗》。下面，我们就一起欣赏一下隋炀帝杨广的这首佳作。

北乡古松树诗

古松惟一树，森竦讵成林。
独留尘尾影，犹横偃盖阴。
云来聚云色，风度杂风音。
孤生小庭里，尚表岁寒心。

《北乡古松树诗》一般认为是现存的隋炀帝晚期的一首诗，应是作于隋炀帝杨广在江都残喘之时。隋炀帝杨广晚期，他清楚地认识到民怨四起，战火不止，自己被磨钝的心已经无法力挽狂澜，于是不顾一切地放纵玩乐，酒杯不离口，从姬千余人亦常醉，以此来寻求舒畅和愉悦。不过隋炀帝看到天下大乱，心情也很忧虑不安，下朝后常头戴幅巾，身穿短衣，拄杖散步，走遍行宫的楼台馆舍，不到晚上不止步，不停地观察四周的景色，唯恐没有看够就与自己失之交臂。据《资治通鉴》卷185载，隋炀帝杨广在江都宫时"见天下危乱，意亦扰扰不自安，退朝则幅巾短衣"。

实际上，隋炀帝杨广的这种对自己的放纵不是无缘无故的。

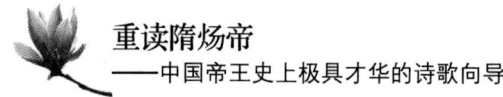

重读隋炀帝
——中国帝王史上极具才华的诗歌向导

当时的时局混乱，农民起义此起彼伏风起云涌，虽然隋炀帝也曾派兵镇压，但是却收效甚微。加上隋炀帝连年大兴土木，滥用民力，隋军内部也暗流涌动，意欲反叛。因此，此时的大隋帝国已经支离破碎，风雨飘摇。即使是在江都，隋炀帝杨广多年的经营之地，也已然并非是安定之地，随行的江都将士纷纷思归，祸端萌动。

《高松赋》是当代古文名家杨威"卉木六君子"赋中的一篇，是咏松赋中的佳作。其中有言："隋炀怀咏，复历落乎北乡。"可见，隋炀帝杨广在江都也是"孤家寡人"，鲜有支持。其中"历落"形容孤高寡合，与众不同。"北乡"代指江都。

在这种情况下，隋炀帝偏居江都，虽得一时之安稳，但也随时可能走向生命的终点。《北乡古松树诗》就是在这样的背景下完成的。

诗作的前两句"古松惟一树，森竦讵成林。"写出了古松只是一棵树，耸立着又怎么能成林呢。这两句其实就奠定了全诗歌的基调，表达了自己孤高无依，落魄艰难的情景，而面对风起云涌的农民起义已难以号召大军力挽狂澜。其中"竦"是指伸长脖子，提起脚跟站着，也有恭敬的意思，而"森竦"是耸立、挺立之意；"讵"是"岂"、"怎"的意思。

"独留尘尾影，犹横偃盖阴。"写出了隋炀帝只剩下"尘尾"和"偃盖"，表明自己偏居江都之后，与之前的一代帝王相比，顿时感觉失去了很多东西，而只剩下这"一隅之地"。而且，这"一隅之地"尚不能确定保全，自己所拥有的东西正在一件一件地丢失。这两句诗表达了隋炀帝杨广对自己前景的一种展望。

第二章 不拘一格,风格多样的写景抒情诗

其中"尘尾"是指一种于手柄前段附上兽毛或丝状麻布的工具或器物,一般用作扫除尘迹、驱赶蚊蝇之用或是指讲经说法时的所用之物。"偃盖"是指车篷或伞盖,常比喻圆形覆罩之物,这里指古松因长势而形成的遮阴之状。

"云来聚云色,风度杂风音。"从字面上来看,描述了风云来临的时候出现的情状,风云到来之时,天空中会布满云色,还要有呼呼作响的风的声音。这两句诗看似在描写侵袭古松的风云,但是读之无不令人有一种"山雨欲来风满楼"的情势,字里行间流露出时局的动荡和大隋帝国以及自身的艰险处境。同时,这两句诗也透露出一种佛家的审美意趣,颇有禅理和禅境。

最后两句"孤生小庭里,尚表岁寒心。"寄予了对古松的赞美之情,古松虽然生于小庭之中,在寒冷的季节里仍然能够表达自己的心志,不屈居于此逆来顺受。显然,这是隋炀帝面临困境时心中的一种理想诉求,希望自己能够以古松为榜样,虽受打击仍要心存大志。但事实上,偏居一隅的处境不是每个人都能驾驭得了的,对于少怀壮志、一生征伐的隋炀帝来说,这无疑是切肤之痛。因此,隋炀帝杨广并未能如古松一般,不管是酷暑还是严寒都能够显示其心志,屹立不倒。

纵观全诗,洋溢着一种沮丧失落的末世之感。虽然最后两句略有改变,但是整首诗作的基调是比较消沉和颓废的,而这正是隋炀帝晚年时期的生活状态的反映。

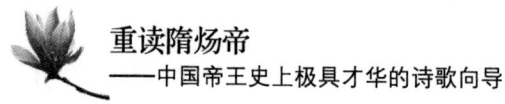

重读隋炀帝
——中国帝王史上极具才华的诗歌向导

海榴舒欲尽，山樱开未飞

据历史记载，我国以花为撰始于春秋，盛于唐宋。《离骚》中有"朝饮木兰之坠露兮，夕餐秋菊之落英"之句。从古至今，历代文人墨客都喜欢以花做赋。茶花，当然也不例外。历来被文人们大加褒誉欣赏，为文为赋，数不胜数。

茶花又名山茶、玉茗、耐冬、曼陀罗等，古时候尤其是在古诗文中又常称之为海榴、海石榴。烂漫的山茶，能够在天寒地冻的早春绽蕾吐蕊，到桃李芬芳的春天，给人们带来了春意，给生命带来了无限的希望。山茶花经历岁月的沧桑，傲风雪寒霜而花姿丰盈，健美迷人。

梅花虽有高韵劲节，但却花容稍显清瘦；桃李虽是烂漫芳菲，但它青春短暂；牡丹被誉为国色天香，但冬天枯荣难藏；唯有山茶兼有三者之长而无其之短，在人们心中，她是美的象征。

茶花开得大方，花期长，不像妖艳的桃花，随便哪一阵风，都会让她落英缤纷，香消玉殒。茶花没有牡丹华贵，也不能与

第二章 不拘一格,风格多样的写景抒情诗

幽兰相媲美,却以彤云吐火般的释放,赢得人们的爱恋。"艳说茶花是省花,今来始见满城霞,人人都道牡丹好,我道牡丹不及茶"。这是当代文豪郭沫若先生饱览了昆明茶花后产生的感叹。一个"霞"字刻画了茶花光彩照人的景色。

其实,山茶花历来被文学家们大加褒誉欣赏,为文作赋,数不胜数。中国最早写海榴(茶花)诗的,是南朝陈代官至尚书令的江总。他于当时陈国的京都建康(今南京)作《山庭春日》,诗中写道:"洸沐唯五日,栖迟在一丘。古槎横近涧,危石耸前洲。岸绿开河柳,池红照海榴。野花宁得晦,山虫讵识秋。人生复能几,夜烛非长游。"

其中,"岸绿开河柳,池江照海榴。"是描写茶花的佳句。在春天的山庭,河岸上柳树的绿叶挂满枝条,池塘边海榴的红花映照水面。写了花色:红色;点明花期:春天;还说明了当时人们已在山庭旁造景:植杨树、栽茶花。

比江总稍晚的,是隋炀帝杨广。一般来说,吟咏山茶较早的诗词,大多指的是隋炀帝的五言古诗《宴东堂》。

下面,我们就来看一下隋炀帝的《宴东堂》:

宴东堂

雨罢春光润,日落暝霞晖。

海榴舒欲尽,山樱开未飞。

清音出歌扇,浮香飘舞衣。

翠帐全临户,金屏半隐扉。

风花意无极,芳树晓禽归。

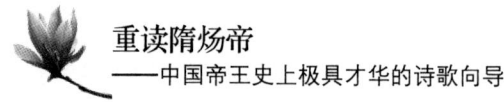

重读隋炀帝
——中国帝王史上极具才华的诗歌向导

隋炀帝杨广的《宴东堂》诗开头四句是："雨罢春光润，日落暝霞晖。海榴舒欲尽，山樱开未飞。"前两句是对茶花外围景观的描写，细雨过后，春光更显光泽红润，整个景色就像是被雨水洗过，焕然一新。日暮西垂，晚霞映照着细雨洗礼过的春光，更令人回味无穷。这诗看到东堂大殿里的山茶花开得茂盛，貌似已经达到了极致，山樱花也含苞待放，或是要立马开得红火，似乎将要飞出去一般。

这四句把雨后春光、日暮晚霞、海榴盛景、山樱欲飞的景色描写的淋淋尽致、干净爽洁，毫不拖泥带水，同时读之又令人沉醉其中，让一幅美妙沉静的画面跃然纸上，赫然出现在我们的眼前。

接着"清音出歌扇，浮香飘舞衣。翠帐全临户，金屏半隐扉。"描写宴会的歌舞的场景以及宴会的情状。"清音"、"浮香"、"歌扇"、"舞衣"勾勒出了隋炀帝杨广对歌舞场景的描写，字里行间流露出炀帝对歌舞的沉醉和迷恋。后两句"翠帐"、"金屏"是对宴会装饰的描写，而"全临户"和"半隐扉"又形成强烈的对照，使得"翠帐"、"金屏"格外夺目。其中"清音"是江西曲艺曲种，这里指南方曲音。

最后两句"风花意无极，芳树晓禽归。"以景色描写作结。风花之意没有极限，似乎已经忘却了时间，但是树木却能知时，似乎已然知晓禽鸟的归来。这两句，描写了隋炀帝杨广对风花之境的不舍和深深的留恋，暗暗隐藏着盛景即将覆灭的意味。

其实，这首描写山茶花的诗作作于东都洛阳。隋炀帝即位

第二章 不拘一格，风格多样的写景抒情诗

伊始，就发出了兴建东都洛阳的诏令。担任兴建东都洛阳重任的就是隋朝有名的城市规划设计大师、工部尚书宇文恺。

宇文恺规划设计的东都，原则上和大兴城（隋都长安）一致，只是在形式上不完全对称。城分宫城、皇城和外郭城（也叫大城或罗城）。外城南北长七千三百米，东西最宽七千二百米，规模比大兴城略小。城共有十门，东、南各三门，西、北各二门。城内有一百零三坊，分布在皇城的东、南两面。洛水横穿全城，把城里分成南北两大区。宫城、皇城居北，是行政区。南部是官民住宅区，街道非常整齐，街坊呈正方形，有正十字街道。城里有三个规模很大的国际性市场，分别设在外城的东、南、北三面。北市（又名通远市）南靠洛河，是船舶商业集中的地方。

整个城市气势宏伟，宫殿比大兴城更加富丽堂皇。工程耗资巨大，月用工200万人。炀帝本人特喜好奇花异石，所以在营建洛阳城过程中，装饰非常豪华。比如在西郊修造西苑，周二百里。苑内有人工海，面积达方圆十多里，海内有蓬莱、方丈、瀛州三神山，山上有许多亭台楼阁；海北有龙鳞渠流入海中，渠两旁建十六院，极其华丽。炀帝命人从全国各地搜集名花贵石种植、堆积其中，建成著名的西苑牡丹园。在营建洛阳城过程中，由于中原材料不足，许多奇材异石需从南方运来。

就是这个规模宏大而构思精妙的东都洛阳有座著名的原晋宫大殿"东堂"。隋炀帝常常在东堂歌舞宴乐，吟诗作赋。作诗时自然叙述东堂景物，其间，"春日雨后"、"晚霞映辉"、"海榴舒展盛开"、"樱花含苞待放"进入炀帝的眼中，联系当

重读隋炀帝
——中国帝王史上极具才华的诗歌向导

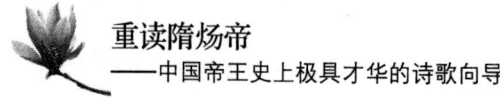

时的时局,看着洛阳繁华的景象、舒展盛开的山茶花不禁感慨万千。

反隋起义此起彼伏,国内动荡不安,日甚一日,大隋帝王的统治已经走向衰败。而且,面对如此颓势,隋炀帝虽有心改变,但是已然有心无力,浩浩荡荡的起义大军风起云涌,已成大势。诗作中的"春光润"、"舒欲尽"、"开欲飞",看似点明了植于东堂的海榴正处于花期盛极将衰之际,实则表达了炀帝对当下时局的沮丧、失落和无奈,感慨美景不永,繁华将逝的局面。

后四句是:"翠帐全临户,金屏半隐扉。风花意无极,芳树晓禽归。"翠帐金屏掩映下的轻歌曼舞,风花雪月一派宜人景色,但见奢靡繁华。隋炀帝杨广感慨之后,无法力挽狂澜,于是醉心歌舞,尽享美景,字里行间我们不难在隋炀帝杨广的纸迷金醉中感受到其无可奈何、只能享受现在的末世思想。

同时,隋朝刘端对于隋炀帝杨广的《宴东堂》曾有和诗一首,题名为《和初春宴东堂应令诗》。下面,我们不妨赏读一下,以作比较。

和初春宴东堂应令诗

睿赏叶春芳,开筵临画堂。
庭梅飘早素,檐柳变初黄。
八珍罗玉俎,九酝湛金觞。
筝响流飞阁,歌尘落妓行。
何必西园夜,空承明月光。

第二章 不拘一格,风格多样的写景抒情诗

  刘端的这首《和初春宴东堂应令诗》也描绘了东堂歌舞宴饮的场景,但是不难发现,刘端的诗作中少了一份对时局的感悟和隐晦的折射,而这点在隋炀帝杨广的诗作中则有明显的体现,显示了隋炀帝杨广晚期沉醉于歌酒声色,但是炀帝并非浑浑噩噩,全然不知时局的变化和自己大隋帝国的险恶处境。相反,隋炀帝杨广十分清楚,只不过大势所趋,自己已经无法力挽狂澜,昔日的雄心抱负也已经不复存在。

第三章　独出机杼，学齐梁而并存雅体

隋炀帝"唯与后宫流连耽湎，帷日不足，招引姥媪，朝夕共肆丑言，又引少年，令与宫人秽乱，不轨不逊，以为祸乐。"正是在这样的生活环境中，隋炀帝写了一些表现宫廷艳情的诗，而或许也恰恰因为这些诗，成为被世人诟病的原因之一。但是，隋炀帝的宫体诗数量有限，真正属于宫体范畴的诗并不多。而且，隋炀帝的宫体诗"并存雅体，归于典制"，具有别出机杼的开创、改造和融合之功。可以说，隋炀帝是改变南朝颓靡文风的第一人。

第三章　独出机杼，学齐梁而并存雅体

锦袖淮南舞，宝袜楚宫腰

在中国处于南北分裂的那些年代里，中国文学的重心在南朝。"五十年中，江表无事"（庾信《哀江南赋》），萧梁中期以后，南方文坛兴起了一场声势浩大的宫体诗运动，咏物、写景、歌唱女人以及同她们有关的种种成为诗歌的中心题材，刚健质朴的作品却难得一见。

后来，开皇九年（589年）陈被隋灭掉之后，作为前线总指挥的杨广，在军事上战胜了陈后主，而在生活方式上却似乎被后者战胜了。当上了扬州总管以至皇帝的杨广在生活方式上大力向陈后主学习，致力于兴建宫室、罗致美女，而诗歌创作则走向宫体的轨道；由陈王朝过来的一批文人则改换门庭转而在这里继续他们帮闲文人的生涯，资深宫体诗人江总也到了扬州。

所谓宫体诗，其实是一种诗歌样式，是指以南朝梁简文帝为太子时的东宫，以及陈后主、隋炀帝、唐太宗等几个宫廷为中心的诗歌。"宫体"既指一种描写宫廷生活的诗体，又指在

重读隋炀帝
——中国帝王史上极具才华的诗歌向导

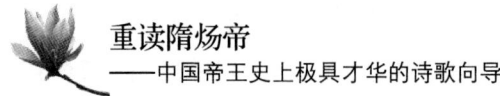

宫廷所形成的一种诗风,始于简文帝萧纲。萧纲为太子时,常与文人墨客在东宫相互唱和。其内容多是宫廷生活及男女私情,形式上则追求词藻靡丽,时称"宫体"。后来也称艳情诗为宫体诗。

宫体诗人创作的作品大多采用以虚写实的手法,诗中略去对男女欢爱场面的直接描绘,以帷帐、香味等烘托出行乐者的感受,雕琢痕迹立现,或是从风花雪月到女子饰物,极写美人之艳,如萧纲《咏内人昼眠》:

> 北窗聊就枕,南檐日未斜。
> 攀钩落绮障,插捩举琵琶。
> 梦笑开娇靥,眠鬟压落花。
> 簟纹生玉腕,香汗浸红纱。
> 夫婿恒相伴,莫误是倡家。

此可谓浓软香艳,是典型的宫体诗,也是甚为含蓄者。相形之下,以沈约为首的宫廷诗人在此之前皆有极具民歌情调、大胆描绘艳情的诗作。如沈约之《六忆》:

> 忆来时,的的上丹墀,勤勤聚离别,慊慊道相思,相看常不足,相见乃忘饥。
> 忆眠时,人眠强未眠。解罗不待劝,就枕更须牵,复恐旁人见,娇羞在烛前。

第三章 独出机杼,学齐梁而并存雅体

隋炀帝杨广这时也用很多精力写宫体诗,写出初稿后让一位由南朝陈转过来的诗坛高手庾自直提出意见,反复加以修改,"俟其称善,然后方出"(《隋书·文学传》)。总体而言,隋炀帝的诗歌是学齐梁而扫其"绮靡、浮荡"。

隋炀帝杨广是被后世争议较多的皇帝,除了杨广大兴土木、滥用民力之外,他的骄奢淫逸也是一直为世人所诟病的重要原因。

即位之后,隋炀帝在洛阳西郊修建皇家园林西苑,除了规划巨大的人工湖,还堆蓬莱、方丈、瀛洲三仙山。完工之后,隋炀帝杨广喜欢在月明之夜抒怀,常常带着几千宫女骑马到西苑游玩,一边弹奏一边饮酒赏月。而杨广爱游玩,又爱写诗,诗作在所有的帝王中是属于佼佼者行列之中的。一次游玩过后,他写《喜春游歌二首》。然而,隋炀帝杨广的《喜春游歌二首》是为数不多的真正能够算得上绮艳诗歌的作品。

且看其诗作:

喜春游歌二首

禁苑百花新,佳期游上春。

轻身赵皇后,歌曲李夫人。

这首诗作首句"禁苑百花新,佳期游上春。"简单交代背景,在帝王的园林中,百花新绽,春光始艳,一派大好景色。后两句"轻身赵皇后,歌曲李夫人。"用赵、李故事,非取其艳,实是用典故化成形象,是写舞者舞蹈之轻快,歌者歌曲之

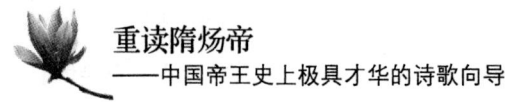

重读隋炀帝
——中国帝王史上极具才华的诗歌向导

动人。其中,"赵皇后"是汉武帝的皇后,汉昭帝刘弗陵的生母,长相俊美,擅长舞蹈;"李夫人"是汉武帝后宫最美的妃子,由霍光追封为孝武皇后,身姿曼妙,擅长曲辞。

纵观全诗,这是隋炀帝杨广园林游玩、赏舞听歌的场景。此首诗歌虽是描写宫廷宴乐游乐的场景,但是从宫体诗的角度来看,并没有过于绮靡和柔媚,只是简单地描写了宫中的美女之态、表演场景之娱人。

与这首诗相比,《喜春游歌二首》其二算得上是真正的宫体诗。

步缓知无力,脸曼动馀娇。
锦袖淮南舞,宝袜楚宫腰。

读完此诗,不难发现这首诗作仍是描写舞者动作之曼妙优美。首句"步缓知无力"描写了宫中美女步履缓缓,娇柔无力之态。"脸曼动馀娇"描写了宫中美女面容姣好,妩媚可爱。

尾句"锦袖淮南舞,宝袜楚宫腰。"重点描绘了美女跳舞时的姿态,其中,"宝袜"是指穿在里面的衣饰。"楚宫腰",典故名,典出《韩非子》卷二。"楚灵王好细腰,而国中多饿人。"后因以"楚宫腰"指楚宫女的细腰。后泛称女子苗条的细腰。

这两句诗作可以说是纯粹的应歌之辞,不免脂粉气过浓而内容浅薄,纯粹描写了歌儿舞女的娇媚可人,思想内容也缺乏一定的深度和含义。但是,和南朝宫体诗相比还是较少有淫靡

第三章 独出机杼，学齐梁而并存雅体

气息，而是多了一份雕琢的用心，仍然可以看出隋炀帝杨广精致的构思。这一点当与其文化背景中固有的北方气质有关。

但是，不管怎样，从隋炀帝诸多的诗作中可以看出，这是一首典型的宫体诗，反映了隋炀帝即位之后，志得意满，留恋宫闱的一面。《喜春游二首》尤其是后一首，描写舞者动作曼妙优美的诗句，显露出浓重的宫体意味。

《隋书》卷四《炀帝纪下》中言：隋炀帝"唯与后宫流连耽湎，帷日不足，招迎姥媪，朝夕共肆丑言，又引少年，令与宫人秽乱，不轨不逊，以为娱乐。"他在这样的生活环境当中，写了一些表现宫廷艳情的诗。他与梁、陈时期的萧纲、萧绎、陈叔宝等亡国之君之所作的宫体诗，从内容和题材上看都如出一辙，从风格和品貌上说也大同小异，都是轻侧艳冶，浮靡淫荡，"文匪而彩，意浅而繁。"体现了颓废、下流的思想，这是我们要批判的。不过，他真正属于宫体范畴的诗并不多，只有寥寥几首而已。它们作为隋炀帝诗歌的一部分，表现了隋炀帝的宫廷生活，对隋炀帝的个人生活和心理等方面的研究都有一定的帮助。《喜春游歌二首》就是其宫体诗作。

从隋炀帝的成长历程来看，隋炀帝身为皇子和太子的时候，严以律己，凡是都讨其父皇和母后的喜欢，很少贪图享乐，放纵自己。加上登上帝位之前，长期镇守江都，长达十年之久，深受南方绮靡柔媚诗风的影响，因此在其诗歌创作上也有所反映。因此，隋炀帝的宫体诗与十年的江都镇守以及"克己复礼"的中规中矩的生活是分不开的。

重读隋炀帝

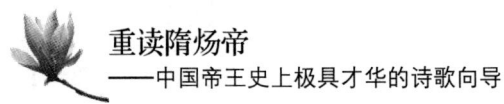

——中国帝王史上极具才华的诗歌向导

易制残灯下，鸣砧秋月前

我国古代诗坛上闺怨诗就如同诗作中那一个个多情哀怨的女子一样让人怜爱、让人回味。诗作中的闺妇或是寂寞怀春的少女，或是饱受离别相思之苦的少妇，或是被无情的丈夫抛弃的弃妇。而且，诗歌一般常常以伤春怀人为主题，展现女子们在特定生活境遇下复杂的情感世界。每当读起这样的诗作，总能让我们如见其人，总能让我们被其哀怨的情感触动和震撼。

然而，在中国古代的闺怨诗作中，也有一些与众不同的作品。它们虽然也大致可以算是闺怨诗，但是在具体的描写上和一般的闺怨诗作有极大的不同。其中，隋炀帝杨广就曾写过几首类似闺怨诗的作品，只不过隋炀帝杨广的闺怨诗不同于一般意义、一般形式的闺怨诗，而是注入了新鲜的血液，进行了自己的加工和创造。

究其原因，这和隋炀帝杨广早年的经历有密切的关系。开皇八年（588年），隋文帝杨坚任命杨广为行军元帅。灭陈之后，改吴州为扬州，置总管府，晋王杨广任扬州总管，"镇江

第三章　独出机杼，学齐梁而并存雅体

都，每岁一朝"，直到返还京师，镇守江都长达十年之久。因此，在江南文化的氛围中，晋王杨广的气质与习性不知不觉地发生了深刻的变化。对此，中国历史学家岑仲勉先生指出："陈平后，广为扬州总管，前后十年，以北方朴简之姿，熏染于江南奢靡之俗。"中国现代历史学家钱穆先生也说："隋文平陈，以炀帝为扬州总管，镇江都，置学士至百人，常令修纂，成书万七千余卷。在此时期，炀帝杨广殆已深深呼吸到南方文学的新空气。"

加上，开国之初，隋王朝中央政权并不稳固，内忧外患不断，因此隋文帝杨坚在治国之道上主张"务节俭、不奢华、不恣情声乐。"于是他"每念斫雕为朴，发号施令，咸去浮华"，其中"公私文翰，并宜实录"就是隋文帝"斫雕为朴"国策的一个方面。这种措施实际上是对南方绮靡文风的批评，对北方词义贞刚、重乎气质、偏于实用的北方风气的鼓舞。而且，隋文帝实施"斫雕为朴"的国策后，在社会上也起到了一定的作用。据《隋书》记载，"自是公卿大臣咸知正路，莫不钻仰坟集，弃绝华绮，择先王之令典，行大道于兹事。"

就这样，隋炀帝杨广在父亲隋文帝"斫雕为朴"的国策和南朝梁、陈文人的双重影响下，有了自己独特的文学观。尤其是对南朝"新鲜"的文风感兴趣。同时，据《隋书》记载，隋炀帝杨广"初，王属文，为庾信体。"可见，杨广早年所习为"庾信体"，对江左文化钦羡有加，并倾向于侧艳、清丽的文风。

但是，隋炀帝杨广对南朝诗作的特点和描写方式也不是全盘接受。隋文帝的政策导向以及常年的征伐作战，和即位之后

重读隋炀帝
——中国帝王史上极具才华的诗歌向导

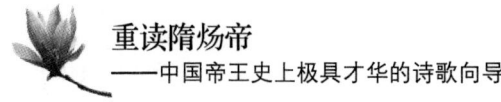

东征西讨,各地巡游,使得隋炀帝杨广骨子里有一种北地的豪情和硬朗之气。因此,隋炀帝杨广的诗作,常常既能够看到南朝文风的影子,也能够看到隋炀帝作为一代帝王的北地豪情。

其中,《锦石捣硫磺二首》就是二首兼具南北诗风的作品。下面,我们就一起看一看隋炀帝杨广的"闺怨"诗作。

锦石捣流黄二首

汉使出燕然,愁闺夜不眠。
易制残灯下,鸣砧秋月前。

中国古代文学中"捣衣"意象,自魏晋南北朝以来,开始成为古代诗词中较为普遍的文学意象,并在诗作中被赋予"家妇思念征夫"、"游子思妻怀乡"或对常年征战不满的特定文化审美内涵。此诗中也加入了这样的意象,使得此诗具有明显的"闺怨"气息。

前两句"汉使出燕然,愁闺夜不眠。"写道,大汉使臣出塞燕然,留守之妻室满心愁绪以至夜不能寐。这两句诗作以汉使出塞为背景,描写了身处闺中的女子满腹的愁绪、担忧和焦虑。实际上,是写隋炀帝自己巡守北方的事情,并借此来揣度宫中嫔妃的思君之情。其中"燕然"是山名,即今蒙古境地杭爱山。东汉时,窦宪追击匈奴,出塞三千余里至燕然山,刻石记功而还。

最后两句"易制残灯下,鸣砧秋月前。"写出了女子对出塞之人的进一步忧虑和挂念。漫漫黑夜,用完了一根灯烛又换一

第三章 独出机杼，学齐梁而并存雅体

根灯烛，在清朗的月光下，传出一阵阵捣衣的声音。这两句的描写道出了征人离妇、远别故乡的惆怅情绪。其中"鸣砧"是指凄冷的砧杵声，捣衣时发出的声音。而"捣衣"是妇女把织好的布帛，铺在平滑的砧板上，用木棒敲平，以求柔软熨贴，好裁制衣服，称为"捣衣"，多于秋夜进行。这两句诗表达了隋炀帝巡守北方出发之际心中的惆怅和对宫中嫔妃的挂念。

而且，需要注意的是，最后这两句并非是写实的手法。"易制残灯下，鸣砧秋月前。"把帝王家当成一般的征人家庭来描述，主要是为了强化此去远离嫔妃的惆怅之情。

从这首诗作中，隋炀帝杨广把边塞诗和闺怨联系在一起，显然作为一个帝王是受到南朝诗歌的影响。在南方诗风的影响和熏陶下，隋炀帝杨广在诗作中有意识地侧重对自身细腻情感的描述和对男女情爱的关注。而且，从这首诗作的悲凉哀怨的基调，可以看出隋炀帝杨广对南风诗风的喜爱。

今夜长城下，云昏月应暗。
谁见倡楼前，心悲不成惨。

行至长城脚下，隋炀帝杨广看到修建中的宏伟长城，想到远在千里之外的宫中嫔妃，不禁心有所感，遂发此感叹。

诗作的前两句"今夜长城下，云昏月应暗。"简单直接地指出了描述的时间和地点：夜晚时分，长城下，接着描写了夜晚长城下的情景：昏暗的云彩、暗淡的月光。这两句诗同时也奠定了这首诗作的情感基调。一个"昏"一个"暗"透露出隋炀

重读隋炀帝
——中国帝王史上极具才华的诗歌向导

帝杨广此时面对长城是充满惆怅、不悦情绪的。

接着"谁见倡楼前,心悲不成惨。"可以说是此诗的点睛之笔,较为直接地抒发了隋炀帝的情感,描写了佳人在倡楼前,心中不禁生出无限悲戚。其中"倡楼"是指倡女所居之所,常指代妓院,这里暗指自己的欢乐之所。

实际上,历来描绘长城的诗作数不胜数,但是大多会把长城和边塞豪情和边塞苦寒联系在一起,写得气势雄壮或哀感动人,但是隋炀帝的这两首诗作深受南方诗风的影响,显然气格要小了些,字里行间透露出一股脂粉气。

其中,唐代有很多描写长城的诗作,写得也大都气动山河。下面,我们就选出唐代诗人卢照邻的两首以供欣赏。

紫骝马

骝马照金鞍,转战入皋兰。
塞门风稍急,长城水正寒。
雪暗鸣珂重,山长喷玉难。
不辞横绝漠,流血几时干。

雨雪曲

虏骑三秋入,关云万里平。
雪似胡沙暗,冰如汉月明。
高阙银为阙,长城玉作城。
节旄零落尽,天子不知名。

第三章 独出机杼,学齐梁而并存雅体

可见,当时当地,隋炀帝杨广在南方文学的深刻影响下,其诗风表现出了明显的倾向。但是这种倾向和南朝文风的"绮丽"还有一定的距离,且给后世造成了极为明显的影响。因此,可以说《锦石捣流黄二首》南北合璧,韵流唐宋。

《锦石捣流黄二首》文波所及,唐宋多有,乃至清初纳兰,既有"深巷卖樱桃,雨余红更娇",又有《蝶恋花·出塞》:"今古河山无定据。画角声中,牧马频来去。满目荒凉谁可知?西风吹老丹枫树。从前幽怨应无数。铁马金戈,青冢黄昏路。一往情深深几许?深山夕照深秋雨。"

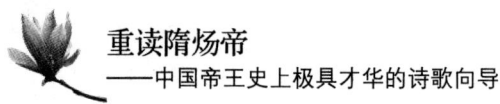

重读隋炀帝
——中国帝王史上极具才华的诗歌向导

小苑花红洛水绿,清歌宛转繁弦促

作为一代帝王,隋炀帝也做宫体诗,但是其大多数的宫体诗并非艳曲,而是能够做到独树一帜,别具一格。也就是说,隋炀帝所作的宫体诗,其实大多以宫体的形式表现自然景观的美,甚至其许多宫体诗的题目就直接描写绚丽灿烂的自然景观。而用浮华的语言描写内宫妇女容貌、体态、服饰、情思的诗歌较少。因此,隋炀帝的少数诗作虽属宫体,但却能不落窠臼,打破南朝"绮靡"、"浮荡"之风。其中,隋炀帝诗作《四时白纻歌·东宫春》就是一首丽而不艳、柔而不媚的宫体诗。

下面,我们就来一起欣赏一下隋炀帝的《四时白纻歌·东宫春》。

四时白纻歌二首

东宫春

洛阳城边朝日晖,天渊池前春燕归。
含露桃花开未飞,临风杨柳自依依。

第三章 独出机杼，学齐梁而并存雅体

> 小苑花红洛水绿，清歌宛转繁弦促。
> 长袖逶迤动珠玉，千年万岁阳春曲。

事实上，《四时白纻歌》系梁朝诗人沈约所作，原诗五首，写的都是歌儿舞女的娇艳之态，为典型的艳诗，而隋炀帝杨广的诗作则不然。其《四时白纻歌·东宫春》写景清丽、明媚，没有冶艳之态和脂粉之气。更难能可贵的是，隋炀帝杨广的诗作常常将物象与情丝结合，从而创造出一种情景交融、浑融完整的意境。

隋炀帝《四时白纻歌·东宫春》中虽然有"长袖逶迤动珠玉，千年万岁阳春曲。"倾向于宫体诗的舞曲描写，但是"含露桃花开未飞，临风杨柳自依依。"字里行间也透露出一种清新婉致，令此诗的宫体意味受到一定程度的冲淡。

而且，这些以宫廷生活为表现内容的诗歌，与齐梁宫体诗相比，意境脱却了"衽席"、"闺房"，诗歌中艳情的成分已经被极大地淡化了，代之以对歌者、舞者的赞美和对自然风光的描绘，这既是改造，也是创新。

同时需要指出的是，在镇守江都期间，隋炀帝杨广承习南朝诗风，过着淫靡奢华的帝王生活，所以在他的一些诗作中不可避免地显示出宫体色彩，但是他能够为矫正这种淫靡无质的诗风做出一定的努力。隋炀帝杨广曾说："陆士衡之披文想质，弟子多渐。既蒙奖成，敢不克励？邯郸绝妙，深恐难工，还镇病廖，庶或勉强。"可见他是朝着北朝诗风质朴贞刚的方向努力的。他把这种努力应用到自己的诗歌创作当中，如从《四时白

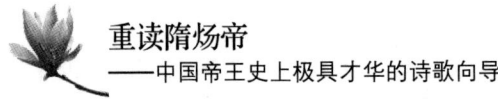

重读隋炀帝
——中国帝王史上极具才华的诗歌向导

纻歌·江都夏》中,我们就能明显地发现这一点。

四时白纻歌二首

江都夏

梅黄雨细麦秋横,枫叶萧萧江水平。
飞楼倚观轩若惊,花簟罗帏当夜清。
菱潭落日双凫舫,绿水红妆两摇渌。
还似扶桑碧海上,谁肯空歌采莲唱。

这首诗首两句"梅黄雨细麦秋轻,枫叶潇潇江水平。"把江南黄梅时节那种细雨洒洒、水木清华的气色轻轻带出,五六句"菱潭落日双凫舫,绿水红妆两摇渌。"既描绘了"菱潭落日"的意境,显得清新、明爽,同时又淡化了"飞楼绮观轩若惊,花簟罗纬当夜清"的宫体意味。

而且,《东宫春》中的"小苑花红洛水绿"及其二《江都夏》的"绿水红装两摇漾"之婉丽,让人感到清新自然而非绮靡浮华。由此可见,隋炀帝杨广的宫体诗融合了南北诗风,"并存雅体,归于典致。"吸收南北诗风的长处,运用在自己的诗歌创作中。

所以,隋炀帝杨广的宫体诗并非是简简单单的"拿来主义",而是在实际创作的过程中,有自己的主张和革新。自汉朝大乱以来,南北踞数百年,政治上的分裂一定程度上阻碍了文化的交流,从而形成了不同的诗风。当然,隋代统一之前,南北双方的文化交流并非全然隔绝,只是交流的规模较小,主要

第三章 独出机杼，学齐梁而并存雅体

是通过使节或是政治逃亡者的口头传播以及少量的书籍传播。后来，梁代的灭亡客观上加速了南北双方文化的交流，不少南方文人由梁进入西魏、东魏，加速了南方文化在北方的渗透。而对于那些由南入北的南方文人来说，生活环境的改变对其文学观念的影响是显而易见的。

后来，同名诗作隋代著名文学家虞世基也曾有作。虞世基博学有高才，深受隋炀帝杨广的器重。这里，我们不妨赏读一下。

江都夏

长洲茂苑朝夕池，映日含风结细漪。
坐当伏槛红莲披，雕轩洞户青苹吹。
轻幌芳烟郁金馥，绮檐花簟桃李枝。
兰苕翡翠但相逐，桂树鸳鸯恒并宿。

虞世基的《江都夏》中仍然有着明显而浓重的宫体意味。因此，隋统一全国后，如何取长补短，融合南北的诗风，是文学上一个开创性的任务，而隋炀帝在这方面做出了自己的努力，也凭借着自己的政治地位和影响极大地推动了南北诗风的融合。也正是因为这样，隋炀帝杨广的宫体诗已然不再是南朝宫体诗的面貌。

重读隋炀帝
——中国帝王史上极具才华的诗歌向导

酒阑钟磬息,欣观礼乐成

洛阳是中国八大古都之一,而在八大古都中,洛阳又是在中国历史上建都时间最早、建都时间最长、建都朝代最多的都城,在洛河与邙山之间的洛阳盆地上,从东到西几十公里的距离,依次排列着五大都城遗址。从时间顺序上看,都城一个比一个恢弘壮丽,位居最后的隋唐东都城最为壮观,它第一次跨越洛河,将洛河变为城内河。开其先河者,就是一代建筑设计大师宇文恺,其构思精妙大胆,为洛阳建设作出了不可磨灭的贡献。

隋文帝仁寿四年(604年)八月二十一日,隋炀帝杨广由杨素协助登基自立为帝后,当年冬就游历洛阳。立于邙山之巅,极目南眺,只见远处地平线上两山对峙,伊水中流,隋炀帝杨广顿时觉得这里正是"天地之所合,阴阳之所合"的风水宝地,是极为理想的建都之地,禁不住叹曰:"此非龙门耶,自古何故不建都于此?"跟随大臣苏威答道:"自古非不知,以俟陛下!"隋炀帝听罢非常高兴,遂决意迁都。仁寿四年十一月末,

第三章 独出机杼，学齐梁而并存雅体

隋炀帝杨广在洛阳发布了著名的营建东京诏。后大业元年（605年）三月，隋炀帝杨广命尚书令杨素、纳言杨达、将作大匠宇文恺营建新都，由宇文恺负责设计。

营建东都洛阳，可谓是一件浩大的工程，当时耗费了巨大的民力和财力。但是，东都洛阳的建设却是有极为重要的政治意义的。首先，营建东都洛阳是安抚东部地区的需要，让东边有一个稳定的政治核心，避免发生类似于杨谅叛乱的事情；其次，营建东都洛阳是为了惩罚和就近震慑叛乱分子，压制叛乱；再次，营建东都洛阳还是安抚江南的需要。平陈之后，江南地区依然不稳定，人心思乱，此举可加强对江南的作战能力和提高震慑能力；最后洛阳运输便利，地势险要，易守难攻，遂决定移都洛阳。

当然，也不排除隋炀帝注重场面和威仪的性格因素。虽然当时大兴城已经可以说是独一无二了，但在隋炀帝杨广看来，大兴城长安还是少了一点帝王的霸气和天子的威仪。

大业二年（606年）正月，东都洛阳建成完工，这么浩大的工程前后仅仅用了十个月的时间，可见速度之快。这是隋炀帝杨广即位之后建立的第一项大工程。建成之后，隋炀帝杨广看到如此规模宏大的洛阳城屹立在自己面前，不胜欢喜。加上，第一次巡游江都的兴致，又时至岁末年初，于是隋炀帝杨广在新建的东都洛阳大宴群臣，并留诗一首，题名为《献岁燕宫臣诗》。

下面，我们就一起看一下隋炀帝杨广的这首诗作。

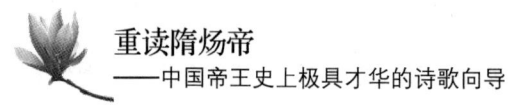

重读隋炀帝
——中国帝王史上极具才华的诗歌向导

献岁燕宫臣诗

三元建上京，六佾宴吴城。

朱庭容卫肃，青天春气明。

朝光动剑彩，长阶分佩声。

酒阑钟磬息，欣观礼乐成。

这是隋炀帝杨广的一首宴饮之作。首两句"三元建上京，六佾宴吴城。"点明了时间、地点，简要地叙述了整首诗的故事背景。三元时分，东都洛阳建造完工，隋炀帝杨广在洛阳城举行盛大的宴会，大宴群臣。其中，农历正月初一这一天为年、季、月之始，故称"三元"；"上京"即时东都洛阳，因为新建之都城，故称"上京"；"六佾"是古时一种盛大的礼仪，"六佾舞"则是古时汉族宫廷乐舞，按周礼规定，六佾分为6行6列，共36人，是诸侯所用乐舞之格局，后世遂以为公爵重臣的乐舞格局。

接着"朱庭容卫肃，青天春气明。"粗略描写了在规模宏大的洛阳城中宴会上的场景。岁末年初，冬之末春之始，一派明艳的春光也契合着此时的洛阳宴饮、浩大华丽的宫殿。

"朝光动剑彩，长阶分佩声。"这两句诗进一步描绘了洛阳宴会的场面，早晨的阳光照进宫殿，辉映着守卫兵甲上的装饰，熠熠生辉；洛阳宫殿中的长阶满是丝竹管乐的声音，一派热闹欢快的场景。其中"朝光"是指早晨的阳光，"剑彩"一般代指兵器上的装饰。

第三章 独出机杼，学齐梁而并存雅体

最后两句"酒阑钟磬息，欣观礼乐成。"描写了洛阳宴饮即将结束之际的场景。酒筵即将结束，宴会上的群臣都还沉浸在愉悦的情绪之中，而隋炀帝居于其宏伟的洛阳宫宴饮也兴奋十足，深切地感受到了自己的帝王威仪和天子风范。其中"酒阑"意思是酒筵即将结束；"钟磬"是指古代两种重要的打击乐器；"礼乐"是指礼节和音乐，古代帝王常用兴礼乐的手段来达到尊卑有序、远近和合的统治目的。

纵观全诗，从头至尾都洋溢着欢悦和兴奋的情绪，尤其是隋炀帝本人，我们似乎都可以想见隋炀帝书写这首诗作时喜不自胜的状态。但是，从另一个侧面，我们也看到隋炀帝行事高调，即位之初急功近利的状态。

据史书记载，修建东都洛阳，每个月投入的人工就是二百万。这个数字是非常惊人的。当年，北周的天元皇帝也是一个有理想的人，他也曾经想修建洛阳城。为此，他每月役使四万人筑城。要知道，北周天元皇帝是一个有名的暴君，他动用的民力不过是四万人，而隋炀帝为了迅速完成修筑任务，居然能一次性动用民力二百万人，这不得不令人惊讶。

其实，无论是修建宫殿还是修建园林，隋炀帝杨广都截然不同于隋文帝杨坚，他总是务必都要做到最好，凡事都要求符合自己帝王的身份，能够彰显天子的威仪。这是隋炀帝杨广的行为习惯，但恰恰因为隋炀帝的好大喜功、奢侈腐化的倾向致使隋炀帝国破家亡，让世人有诸多诟病。

另外，大业初授秘书郎虞世南，对于隋炀帝杨广的《献岁宴功臣诗》也有和诗一首，题名为《奉和献岁宴宫臣》。下面，

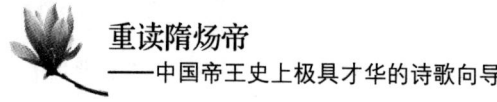

重读隋炀帝
——中国帝王史上极具才华的诗歌向导

我们就来一起欣赏一下。

奉和献岁宴宫臣

履端初起节,长苑命高筵。
肆夏喧金奏,重润响朱弦。
春光催柳色,日彩泛槐烟。
微臣同滥吹,谬得仰钧天。

虞世南,隋大业初授秘书郎。入唐后成为凌烟阁二十四功臣之一,"初唐四大家"之一。这首诗作也反映了洛阳宫宴饮的盛大而奢华的场面。尤其是"肆夏喧金奏,重润响朱弦。春光催柳色,日彩泛槐烟。"描写了宴饮的欢快、热闹的场面。不过,和隋炀帝杨广的《献岁宴功臣诗》相比,我们不难发现虞世南的诗作还是略逊一筹。

第三章 独出机杼，学齐梁而并存雅体

龙媒玉珂马，凤轸绣香车

隋炀帝杨广对音乐也很有造诣。身为太子的时候，他就认为太庙雅乐过于单调，请更议定。事实上，雅乐，为祭祀朝会等场合演奏的乐舞。晋王杨广即位后即下诏重修雅乐，增加乐队所用乐器数量，废除只用黄钟一调，不得转调的规定，可以旋宫转调。就这样，经过修正的雅乐，大量采用了南朝音律。而且，隋炀帝杨广还对用于游宴时演唱的宫廷燕乐进行整理，将其由七部扩为九部，称"九部乐"，并设立专门的训练和表演机构。其中七部，均为外来和少数民族乐舞。九部乐之外，还有"大曲"，为综合声乐、器乐、舞蹈为一体的大型歌舞曲，演奏起来"掩抑摧藏，哀音断绝"。

而且，在隋朝民歌高度发展的同时，出现了"由乐填词"和"依词配乐"的艺术歌曲——曲子。这一艺术歌曲形式的出现，对隋朝音乐的发展是有极为深远的意义的。

同时，隋炀帝时，杨广解除文帝禁止演奏百戏规定，并下令到太常寺排练，由官司供给。百戏，指散于四方之俗乐，包

重读隋炀帝
——中国帝王史上极具才华的诗歌向导

括各种戏弄及各种杂技。起初先在宫中表演,后来到大街上表演。每年正月,于端门外建国门内"绵亘八里,列为戏场",有"殆三万人"的化妆演员向各国使者表演。表演中,有的场面宏大,有的变化万端,"旷古莫俦"。

因此,隋炀帝杨广对隋朝音乐的发展是有极大贡献的。而且,隋炀帝作为一个出色的文学家,以国家财力倡导歌舞、百戏和艳乐,使得当时的隋朝音乐文化得到了长足的发展,并对唐朝音乐产生了深远的影响。

其中,《杨叛儿曲》就是隋炀帝杨广的具有代表性的作品。下面,我们就一起看一下隋炀帝的这首宫廷诗作品。

杨叛儿曲

青春上阳月,结伴戏京华。

龙媒玉珂马,凤轸绣香车。

水映临桥树,风吹夹路花。

日昏欢宴罢,相将归狭斜。

《杨叛儿》原为北齐时的童谣,后来成为乐府诗歌题,属于《清商曲辞·西曲歌》。《旧唐书》和《新唐书》的《乐志》里都提到"杨叛儿"的故事:据说南朝萧齐隆昌年间,有个太后守寡,但她喜欢一个女巫的儿子,这个人叫杨旻。杨旻从小生在宫中,太后看着他长大,随着年龄的增长,杨旻越长越好,逐渐长成了一个莲花般的少年,于是太后就和他好上了。太后爱上了女巫的儿子,显然这种爱情是不能长久的。纸终究包不住

第三章 独出机杼,学齐梁而并存雅体

火,最后事情败露,太后失去了杨旻,而且很快人们都知道了这件事。所以民间童谣就唱:"杨婆儿,共戏来所欢!"后来,可能因为人们口耳相传的过程中吐字不准,大家讹传成了"杨叛儿"。而后《杨叛儿》演变为西曲歌的乐曲之一。这就是"杨叛儿"典故的由来。可见,这个故事很香艳,又很感伤,流传开来之后,这个题材很受文人的青睐。

隋炀帝杨广的《杨叛儿曲》也是由此化来。前两句"青春上阳月,结伴戏京华。"描写了隋炀帝游玩的时间,交代此诗的背景,在上阳月的时候,结伴在京都游玩。其中"上阳月"是指一个月的初一到十五这段时间。

接着"龙媒玉珂马,凤轸绣香车。"描写了隋炀帝游玩出行的车驾,全是骏马和华美的车乘。从这两句看出,隋炀帝杨广出行的奢华和高贵。其中"龙媒"是指骏马;"玉珂"是指马辔头上的装饰物,多为玉制品,故称之为"玉珂";"凤轸"是指华美的车乘,因上有凤凰雕饰,故称;"香车"是指用香木做的车,泛指华美的车。因此,隋炀帝游玩的车驾是极为讲究的。

"水映临桥树,风吹夹路花。"桥边的树木倒映在水中,路旁的花被风吹起。这两句堪称是景色风物描写的佳句,看似平淡无奇,但是却体现了隋炀帝游玩宴乐的轻松、惬意,反映了此时此刻宴乐的愉快舒畅心情。

最后两句"日昏欢宴罢,相将归狭斜。"描写了游玩歌舞的盛状,经过一整天的游玩宴乐,日昏时分众人已经东倒西歪,只能相互扶持着走向小街曲巷,继续宴饮玩乐。其中"狭斜"

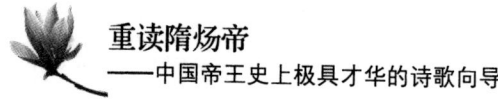
重读隋炀帝
——中国帝王史上极具才华的诗歌向导

是指小街曲巷。

纵观全诗，隋炀帝杨广的字里行间尽是欢愉舒畅之情，不管是游玩宴饮的场面，还是宴饮游玩的状态和尽兴的程度都堪称极致。这从一个侧面反映了隋炀帝即位之初，志得意满，洋洋得意的状态。

而且，隋炀帝杨广年少时候，活得小心翼翼。他深知其父崇尚节俭，其母不喜男人有妻室，于是就按照他们的喜好来安排自己的生活，讨父母的欢心，全力打造出一个集人类美德于一身的完美形象。所以，当"诬以谋反"的法宝罩到其兄杨勇头上的时候，甚至没有人会去怀疑这是晋王杨广的阴谋。隋文帝杨坚下令把杨勇贬为平民，囚禁深宫。改立杨广当皇太子，杨广夺嫡成功，全盘胜利。这是杨广实现自己政治抱负的第一步。而由于其母独孤皇后坚持奉行一夫一妻制，在晋王杨广的青春岁月里，只有妻子萧妃一个人。这取悦了独孤皇后，却压抑了自己。

就这样，在多年的中规中矩之行的拘束和限制下，隋炀帝杨广的欲求被压制了下去，而即位之后，一朝大权在握，除了放开双手大开大合地施政，还有就是释放自己对生活和感情的要求，享受眼前的一切。这种情绪反映在他的诗作中，就是其香艳奢靡甚至是纵情声色的宫体诗。这与其说是隋炀帝杨广的一种昏聩、奢靡，不如说是一种发泄，一种诗人情怀的释放和放大。

然而，此时的隋炀帝并非全然沉溺于声色犬马之间，而也是有所约束和节制的，因为他知道有更重要的事情等着自己去

第三章 独出机杼，学齐梁而并存雅体

做，有更大的理想和抱负需要自己实现。因此，隋炀帝杨广的《杨叛儿曲》虽然有宫体诗作的奢靡，但仍然没有达到绮艳的程度。

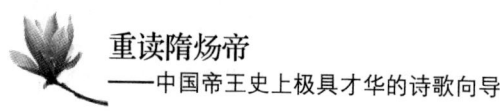

重读隋炀帝
——中国帝王史上极具才华的诗歌向导

意欲垂钓往撩取,恐是蛟龙还复休

垂钓是一种闲暇之乐,是人们享受美好时光的一种良好的消遣方式。静坐在水边垂钓,一心观望鱼儿动静,察看水面情况,忘却诸事烦扰,抛开各种繁琐,着实是一种怡情养性的好活动。

因此,传统医学认为垂钓是一种很好的医疗保健处方。它能祛虑,平衡心态,解除"心脾燥热"。现代医学把生理、心理和环境三种因素确定为人体致病的机理。而垂钓恰对这三种致病机理具有"抗、控、防"的效应。许多有着多年垂钓经历的人这样总结:垂钓是一项多功能的文体运动,静中见动,集锻炼与娱乐于一身,其中的乐趣只有钓鱼者才能体验到。人们还对钓鱼总结了三乐四得:独钓有静乐、群钓有同乐、竞钓有比乐。

可见,垂钓是有诸多好处的。它能够充实我们的生活,愉悦我们的身心,让我们保持身心健康。

"一蓑一笠一扁舟,一丈丝纶一寸钩。一曲高歌一樽酒,一

第三章 独出机杼,学齐梁而并存雅体

人独钓一江秋。"垂钓也往往引发文人骚客的才思泉涌。其中,隋炀帝就在西苑曾做过一首关于垂钓的诗作。

大业元年(605年),晋王杨广即皇帝位,是为隋炀帝。即位之初,隋炀帝杨广就决定在洛阳伊洛河间建东京,后改为东都。大业元年(605年)三月,隋炀帝诏令宰相杨素为营造东京总监、宇文恺为副监,于洛阳城西十八里处建周长达七十四里的新城。为此,每月征发丁夫 200 万人,星夜修建,10 个月建成。与此同时,隋炀帝杨广在城西开始营建皇家禁苑——西苑。

西苑是什么样子呢?据《海山记》载,西苑周回二百二十九里一百三十八步,在今天的洛阳西工以西至新安县境内,北至邙山,南至洛河,比东都洛阳城还要大。在西苑中,凿迎阳、翠光等五湖,每湖方四十里。湖中积土为山,构亭殿,曲径盘旋,广袤数千间。苑中还有景明、迎晖、晨光等 16 院,每院自成一体,院内建有豪华宫殿、池沼,种植奇花异卉,养殖珍禽异兽。为充实 16 院,隋炀帝杨广派出十个大臣遍选天下美女,又从遴选出的千余名美女中挑出 16 人,册封为四品夫人,分别入住 16 院。每院配有 20 名宫女,随时迎接皇上前来游幸。西苑内还开了一条龙鳞渠,环绕连接 16 院,每院临龙鳞渠,过桥即是园林绿地。16 院南是人工开凿之"北海","北海"中有蓬莱、方丈、瀛洲三山。三山之上各建有宫、观。龙鳞渠环 16 院也注入此"海"之中。

作为堂堂的皇家御苑,西苑真可谓是富丽堂皇。而隋炀帝杨广自从有了西苑,就朝朝暮暮沉醉在这里的美景和美女之中,

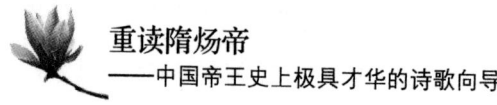

重读隋炀帝
——中国帝王史上极具才华的诗歌向导

宫苑亭阁里、舟船车辇上,仙乐袅袅,羽裳飘飘,彻夜不息。据《山海经》载,这里花木掩映,四季常春。原来,这里的嫔妃宫女到了秋天,就用绢帛剪制出彩花绿叶缀在树条上,绢帛颜色稍褪就立即更换。即使到了寒冬,她们也会用绢帛做成荷芰菱芡装点在水中,以供隋炀帝赏玩。

就在这里,隋炀帝垂钓之时曾作诗一首,题名为《凤帽歌》。据《山海经》中记载:"炀帝在西苑,一日,洛水渔者获生鲤一尾,金鳞赪尾,鲜明可爱。炀帝问渔者之姓,姓解,帝以朱笔于鱼额上题解字,以记之,放之北海中。后帝幸北海,其鲤已长丈余,浮水见帝不没。帝与萧后及诸院妃嫔同看鱼之额,朱字尚存,惟解字无半,尚隐隐角字存焉。萧后曰:'鲤有角,龙也。'"《广五行志》中曰:"隋炀帝三月三日江上作《凤艒歌》,乃唐兴之兆。"

下面,我们就一起看一下隋炀帝的这首诗作。

凤艒歌

三月三日向红头,正见鲤鱼波上游。
意欲垂钩往撩取,恐是蛟龙还复休。

隋炀帝杨广的这首《凤艒歌》写得非常随意,非常直白地记述了此次西苑垂钓的情况。其中"凤艒"是指帝皇所乘绘有龙舟的小船。

前两句"三月三日向红头,正见鲤鱼波上游。"记述了隋炀帝杨广三月三日在西苑垂钓,正看见一条鲤鱼在水面上游。简

第三章 独出机杼，学齐梁而并存雅体

单而直接地描述了这首诗作书写的时间和大致背景。其实，这只是垂钓时隋炀帝的一时兴致所致，但是最后两句"意欲垂钩往撩取，恐是蛟龙还复休。"写出隋炀帝面对锦鲤的暧昧态度，欲钓还休。

自古以来都有鲤鱼跃龙门的传说。据《三秦记》中载："大禹所凿之龙门，其水急千仞，鱼鳖之属莫能上达，惟有河鱼之长之鲤，能跳龙门，上则成龙。"《埤雅》中说："俗说鱼跃龙门过而为龙唯鲤，或然亦其寿有至千岁者……殆亦龙类，是以仙人乘龙，或骑鲤乃至飞越山湖。"李时珍在《本草纲目》中引述陶弘景的话："鲤为诸鱼之长，能飞跃江湖，所以仙人琴高乘之。"

因此，隋炀帝杨广此次在西苑钓到鲤鱼"恐是蛟龙还复休"的状态，遂被人们视为李唐兴、隋朝没的征兆。而鲤鱼的"鲤"同"李"。也正是因为这样，当时朝野之中一度流传"历时应为天子"的谶语，当然这也让隋炀帝杨广对表哥李渊"多所猜忌"。为此，李渊不得不"纵酒沉湎，纳贿以混其迹"，韬光养晦，隋炀帝杨广也渐渐待之如初。

大业十二年（616年）四月，李渊击败甄翟儿起义军后，被任命为太原留守。太原是军事重镇，兵源充足，粮饷丰沛，可"支十年"，套用李渊的话，"唐固吾国，太原即其地焉。今我来斯，是为天与，与而不取，祸将斯及"（《大唐创业起居注》）。自此，李渊起兵之心已定。

大业十三年（617年）六月，在除掉隋炀帝安插在太原的心腹王威、高君雅后，李渊在晋阳起兵，顺势攻取西河（今山

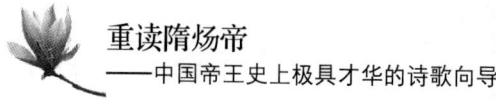

重读隋炀帝
——中国帝王史上极具才华的诗歌向导

西汾阳)。八月,攻取霍邑(今山西霍县)。九月,李建成率军趋于灞上,李世民率军直取长安,形成了对长安的包围之势。十一月,李建成部下雷永吉用云梯首先登上城墙,长安守将顷刻瓦解。进入长安后,李渊立隋炀帝的孙子代王杨侑为皇帝,遥尊隋炀帝为太上皇,改元义宁,迅速控制了长安局势,总理万机。义宁二年(618年)五月,李渊称帝,建立大唐帝国。从此,中国历史进入了灿烂辉煌的大唐帝国时代。就这样,在短短一年的时间,李渊就在诸多的反隋势力中脱颖而出。

本是一场笔墨游戏,却一语成谶。这恐怕是志得意满、目空一切的隋炀帝杨广怎么也预想不到的吧。但是,单从隋炀帝的诗作来看,却是一首惬意之作。只是简单叙述自己的垂钓之事,只不过在垂钓的过程中看到锦鲤水上游而欲钓还休。

但是,历史似乎从来不允许偶然,尤其是身在帝王家,似乎每一个不经意的行为和决定都会成为其一生的标记。或者这就是隋炀帝杨广的命数,不经意的一句诗作竟然一语成谶,使自己苦心经营的大隋帝国轰然倒塌。

第三章 独出机杼,学齐梁而并存雅体

拾得娘裙带,同心结两头

文献独孤皇后伽罗是隋朝开国之君隋文帝杨坚的妻子,夫妇携手共同创建了大隋王朝,结束了魏晋南北朝三百余年动乱分裂的局面。可以说,在大隋帝国中,文献独孤皇后具有举足轻重的地位。而且,独孤皇后是智慧和独立的化身。

匈奴、鲜卑等草原民族有母系遗风,旧俗"妇持门户",在这种风俗影响下长大的小伽罗,自然具有鲜明的北朝妇女之风:即有当家做主参与维护家族利益的自觉性、有维护自身利益的自觉性。同时,其母崔氏又为小伽罗烙上了深刻的汉文化印记。清河崔氏是一个文化功底深厚、学识渊博的文化世族,史载文献皇后"雅好读书、识达今古","见公卿有父母者,每为致礼焉"等,可见这个家族的文化气息在伽罗身上也有相当程度的体现。独孤伽罗身上既有父系游牧民族之独立英气,亦有母系汉文化之博雅谦和,本身便是民族大融合之时代产物,是汉化了的鲜卑人。

在这种环境成长起来的独孤伽罗,兼具智慧和博雅谦和。

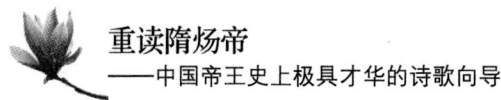

重读隋炀帝
——中国帝王史上极具才华的诗歌向导

然而,在婚姻方面,文献独孤皇后伽罗在当时可谓是"与众不同",因为她最讨厌男子妻妾成群、始乱终弃,而是坚持奉行一夫一妻制。这一点给隋炀帝杨广以后的婚姻生活以及成长之路造成了极深的影响。

当隋炀帝杨广还是皇子的时候,为了取悦独孤皇后,获得独孤皇后的支持,杨广在婚姻娶妻方面严格要求自己,从不滥情,也不像其他皇子那样招妻纳妾。在晋王杨广的青春岁月里,只有妻子萧妃一个人陪伴左右,并且始终与萧氏恩爱有加。也正是因为这样,晋王杨广深得独孤皇后的喜爱。这对晋王杨广后来封为太子,继承帝位起大了很大的作用。

说起隋炀帝和萧皇后的情感,我们也可窥见一斑。隋炀帝萧皇后虽无名字记载,但是萧后堪称中国历史上最妖娆的皇后,《隋唐演义》中为萧后取名为萧美娘。据载,萧氏出生于西梁国都江陵(今湖北省沙市),是后梁孝明帝萧岿的女儿,性婉顺,好学能文,天生丽质,具有倾国倾城的风韵,堪称集天下之美于一身。

隋开皇二年(582年),隋文帝杨坚为14岁的晋王杨广向后梁求选晋王妃。但宫中几位公主的八字全都与杨广不合,于是萧岿将其女萧氏从舅舅家接回来,一合八字,竟然大吉,于是选为晋王妃。萧氏有美貌有德行,很得隋文帝杨坚和独孤皇后的喜爱。而且,晋王杨广对比他大三岁的萧氏也十分宠爱和尊重。婚后夫妻恩爱,生下两个儿子,这就是后来的太子杨昭和齐王杨暕。

对于萧氏的宠爱,晋王杨广曾留诗一首,题名为《江陵

第三章 独出机杼,学齐梁而并存雅体

女歌》。

且看其诗作:

江陵女歌

雨从天上落,水从桥下流。

拾得娘裙带,同心结两头。

《江陵女歌》是隋炀帝独创的乐府名,隋炀帝杨广的萧后来自江陵,故此题名为《江陵女歌》。事实上,这首诗作是晋王杨广写给其妻萧氏的情诗,表达了晋王杨广对妻子萧氏的宠爱和喜欢之情。

"愿得一人心,白首不相离。"隋炀帝杨广的《江陵女歌》表达了其对妻子萧氏的款款深情。如果我们暂且抛开隋炀帝的帝王身份,细读此诗,就会发现此诗很像南朝乐府民歌的《读曲歌》"逌发不可料,憔悴为谁睹。欲知相忆时,但看裙带缓几许。"写的是深深的情爱。

诗作的前两句"雨从天上落,水从桥下流。"描述了天上落雨、桥下流水的情景,看似简简单单,单纯地说明了两种事物。实际上,这两句为以下诗句营造了一种氛围,烘托出一种意境。细雨绵绵,从天而降,小桥流水,蜿蜒流淌。寥寥几字就勾勒出一幅纯净、淡然、幽美的景致图。在这样的美好的景致下,又怎能不引起人们的情丝呢。

接着"拾得娘裙带,同心结两头。"在前两句营造的美好景致下,引入人物,带出隋炀帝杨广和萧皇后两人,结为婚姻之

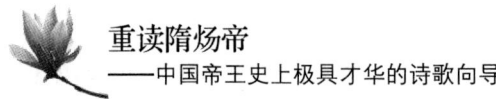

重读隋炀帝
—— 中国帝王史上极具才华的诗歌向导

后永结同心的夙愿。

另外，这首诗作从题材构思到语言表达都体现出了南朝民歌活泼俏皮的特点。这显然是隋炀帝杨广多年镇守江都，深受南朝文化的影响，尤其是受到"庾信体"风格的影响。如果说，隋炀帝早年学习"庾信体"只是对南方文风单纯的模仿，那么通过王妃萧氏则完全有可能了解南方文化。

王妃萧氏是后梁明帝萧岿的女儿，梁明帝萧岿是南北朝时代后梁的第二位君主，而后梁是一个分裂王国，它的地盘主要在今天湖北襄阳、荆州地区。所以，萧氏和晋王杨广的通婚，使得隋炀帝杨广对南方文学有了更加全面、更加深入的了解。在此基础上，隋炀帝杨广又受到了"有智识，好学，解属文"的萧王妃的影响，从而进一步提高了隋炀帝对南方文学的热情。陈亡后，晋王杨广取代了秦王杨俊接任扬州总管，开始了长达十年的南方生活。在这整个过程中，晋王杨广受到了南方文风的深切影响。

纵观全诗，隋炀帝杨广《江陵女歌》的字里行间满是对妻子萧后的情爱和喜欢，以及希望和萧后永结同心的愿望。可见，隋炀帝对妻子萧氏的爱并非全然是对文献独孤皇后的应承，而确实是发自内心的喜爱。

隋开皇二十年（600年），晋王杨广被立为太子，萧氏为太子妃。隋文帝仁寿四年（公元604年），晋王杨广即皇帝位，册封萧氏为皇后。据载，及帝嗣位，诏曰："朕祇承丕绪，宪章在昔，爰建长秋，用承禴荐。妃萧氏，凤禀成训，妇道克修，宜正位轩闱，式弘柔教，可立为皇后。"虽然在隋炀帝即位后，

第三章　独出机杼，学齐梁而并存雅体

炀帝嫔妃众多，但是对皇后萧氏一直相当礼遇。而且，对于隋炀帝即位之后多有规劝，并著《述志赋》以明志，比如，"思竭节于天衢，才追心而弗逮，实庸薄之多幸，荷隆宠之嘉惠"，隋炀帝对此点头称赞，并认为皇后太自谦了。"原立志于恭俭，私自兢于诚盈，孰有念于知，苟无希于滥名。"则是进谏之词。

同时，萧后颇为旷达，隋炀帝临幸其他妃嫔，也不会生发嫉妒之心，只是劝皇上不要因玩乐而废政事。萧后性喜恬静，炀帝则喜到处巡游，为了巡游江都，饱览江南秀色，隋炀帝下令凿通了连及苏杭的大运河，然后带领萧皇后及众多佳丽浩浩荡荡幸游江都。虽然萧后不太赞同炀帝巡游江都，但每次都伴其左右，炀帝对此也喜不自胜。

因此，隋炀帝杨广对妻子萧氏并非全然是父母之命的贵族婚姻，也并非全然是讨独孤皇后喜欢和支持的做作行为。在隋炀帝杨广和萧皇后之间也确确实实有深厚的感情存在。所以，隋炀帝杨广的这首《江陵女歌》虽是一首情诗，属于宫体诗的范畴，但是其内容并不香艳绮靡，也并不是描写其荒淫奢靡的生活，相反字里行间透露的却是情真意切，深情款款。这在一定程度上也体现了隋炀帝对宫体诗的改造和对南北诗风融合起的推动作用。

第四章　巡游江都，国家不幸诗家幸

众所周知，隋炀帝杨广与江都（扬州）有着紧密的联系。江都可以说是杨广的龙兴之地。隋文帝开皇十年（590年）他奉命任扬州总管，时间长达十年之久，称帝后又曾三游扬州，乐此不疲。因此，隋炀帝杨广的诗歌中，有相当一部分与扬州有关。其中，隋炀帝在巡幸江都的时候，就留下了大量的诗篇。而且，这些诗作也很大程度上反映和见证了隋炀帝杨广帝国大厦的一步步倾倒。

第四章 巡游江都，国家不幸诗家幸

户外碧潭春洗马，楼前红烛夜迎人

隋朝建立后，定都长安。长安，位于八百里秦川中心，土地肥沃；平原四周又有大山环抱。当隋文帝杨坚结束魏晋南北朝的分裂局面后，就如西汉时，把关中的长安作为都城。但是，魏晋南北朝时期，政局动荡，关中经济情况已难以与盛极一时的西汉相比。西汉仅郑白渠即可灌溉农田 4 万多顷。魏晋南北朝时，这里有许多灌溉工程因无暇维修而湮废。因此，隋定都长安后，仰仗东粮西运的程度，远远超过西汉。这就决定了隋在立国不久，便着手穿凿长安—黄河间的运粮渠道。

开皇元年（581 年），隋文帝命大将郭衍为开漕渠大监，负责这一工程。但因仓促成渠，渠道浅窄，航运能力有限，难以满足日益增加的东粮西运的需要。开皇四年（584 年），只好再次动工，加以改建。这次改建，要求凿得深宽顺直，可通方舟巨舫。舫是一种两舟相并的船，体积大，容量多。要通航这样大型重载的舫，渠道必须又深又宽。

改建工程由杰出的工程专家、大兴城的设计者宇文恺主持。

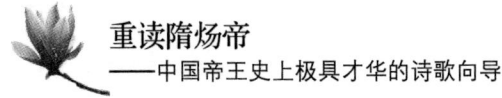

重读隋炀帝
——中国帝王史上极具才华的诗歌向导

《隋书·食货志》有：动工之前，宇文恺先派工匠巡历渠道，观察地形走势。如此，以便在实地调查的基础上，将渠道布置得更为合理。在上下共同努力下，工程进展顺利，当年即竣工。新渠仍以引渭水为主要水源，自大兴城至潼关，长300余里，命名为广通渠。广通渠的运量大大超过旧渠，对缓和关中粮食的紧张情况，有重要作用。

晋王杨广继位后，大业元年（605年），隋炀帝杨广认为关中与山东、江南、河北等地，道路遐远，"兵不赴急"，应将都城东迁，于是立即下诏营建东都洛阳。接着，又陆续发令穿凿以东都为中心、通向江淮、河北等地的大运河。

隋炀帝杨广继位后首先开凿了中原通向江淮的纽带工程"通济渠"，这也是隋炀帝时代最早开凿的一条运河。从大业元年（605年）三月动工，"发河南诸郡男女百余万，开通济渠"。到当年八月，通济渠就全线完工，堪称奇迹。

通济渠可分西、中、东三段。西段以东都洛阳为起点，以洛水及其支流谷水为水源，在旧有渠道阳渠和自然水道洛水的基础上扩展而成，到洛口与黄河会合。由于古阳渠又称通济渠，人们就把这一名称由西段扩大到了中段和东段。中段以黄河边上的板渚（今河南荥阳西部）为起点，引黄河水作水源，向东到浚仪（今开封）。这一段原是汴渠上游，隋朝加以浚深和拓宽。浚仪以下，与汴渠分流，东南走向，经宋城（今商丘南）、永城、夏丘（今安徽泗县）等地，到睢盱注入淮水。这是东段，多由自然水道拓展而成。

据记载，通济渠全长650公里。而且，自河南荥阳的板渚

第四章　巡游江都，国家不幸诗家幸

出黄河，至江苏盱眙入淮河，共历现今三省十八县（市）。在汉代和南北朝时都是重要的运道。

而隋炀帝杨广开汴渠时有感，曾作《水调歌》一首，流传千古。下面，我们就一起欣赏一下隋炀帝杨广的这篇佳作。

水调歌

> 王孙别上绿珠轮，不羡名公乐此身。
> 户外碧潭春洗马，楼前红烛夜迎人。

《水调歌》是隋炀帝的一首佳作，见于宋郭茂倩的《乐府诗集》。诗前，郭茂倩有一段解题，引《乐苑》中语，曰："水调，'商调'曲也。旧说，《水调河传》，隋炀帝幸江都时所制。"《乐苑》还谈到此诗"曲成奏之，声韵怨切"，知隋炀帝南去不能回京，已见预示，云云。无论如何，此诗写得确实洒脱，无丝毫帝王气，纯粹是诗人心态，是值得一提的。

前两句"王孙别上绿珠轮，不羡名公乐此身。"写出了隋炀帝杨广自比王孙，享受奢侈生活的安逸状态，不羡"空名"而使此身得到享乐，从而勾勒出一个贵族公子的形象。但联系实际，显示出了隋炀帝杨广面临大运河的骄傲和自足状态。

最后两句"户外碧潭春洗马，楼前红烛夜迎人。"洒脱淡然，高度概括了隋炀帝杨广的奢华生活。在户外，绿水潭中，驭夫都在洗刷马匹，而他们的主人还在里面饮酒作乐，一时还没有尽兴。同时，别舍里的楼前，还点着红烛迎接客人，虽然是在夜晚，还有宾客来参加宴饮。两句诗，让人读来也说明了

重读隋炀帝
——中国帝王史上极具才华的诗歌向导

一个情况：隋炀帝面对浩大的工程，志得意满，以至于朝朝取乐，夜夜追欢。

而且，这一联取材极好，对仗工整，并未直接描述自己的喜悦奢华生活，而是剑走偏锋，从侧面表现出富贵喜乐的气象，既符合隋炀帝杨广的帝王身份，也表明了隋炀帝作为一位诗人的绝好"气质"。

另外，隋炀帝杨广的《水调歌》对后世的影响也是不容小觑的。由《水调歌》，我们可以联系到唐宋人的几首诗词，如按时代说，先是唐代的韩翃，其《赠李翼》很明显是由《水调歌》化出。韩翃的《赠李翼》大体还是杨广《水调歌》的面貌。与杨广诗相比，后两句几乎完全相同，虽略有小异，但变动的也只有几个字，其诗曰：

王孙别舍拥朱轮，不羡空名乐此身。
门外碧潭春洗马，楼前红烛夜迎人。

唐代诗人韩翃是"大历十才子"之一，建中年间，因作《寒食》诗被唐德宗所赏识，因而被提拔为中书舍人。韩翃在唐代虽然不算是位大家，但其《寒食》（春城无处不飞花），亦可谓名作。然而韩翃之作几乎据杨诗照搬，可见杨广诗的不同凡俗，对后世诗人的诗歌创作有着深远的影响。

宋代则有晏几道的《浣溪沙》。其间由杨广诗到晏几道的词，是逐步演化而来的。这里，我们不妨略作比较。

晏几道是北宋词坛一代大家，他的《浣溪沙》构思上也受

第四章 巡游江都，国家不幸诗家幸

到了隋炀帝杨广诗的启发，据隋炀帝杨广诗的"门外碧潭春洗马，楼前红烛夜迎人"，演变成"户外绿杨春系马，床头红烛夜呼卢"，成就了词的另一种情景。

晏几道《浣溪沙》曰：

> 家近旗亭酒易酤，花时长得醉工夫。
> 伴人歌笑懒妆梳，户外绿杨春系马。
> 床前红烛夜呼卢，相逢还解有情无。

清人张宗《词林纪事》（卷六）录此词，曰：《能改斋漫录》，晏叔原"户外绿杨春系马，床前红烛夜呼卢"，盖用乐府《水调歌》云，"户外碧潭春洗马，楼前红烛夜迎人。"然叔原之词甚工。而且，吴曾《能改斋漫录》说晏几道词来自乐府《水调歌》。可见，晏几道的此作虽然在艺术上更胜一筹，但是受隋炀帝杨广诗作的影响是极深的。

因此，隋炀帝杨广的《水调歌》具有很高的诗歌造诣，对后世的诗词创作具有十分深远的影响，只不过，人们往往因为其政治原因而对其诗作也弃之如敝屣。

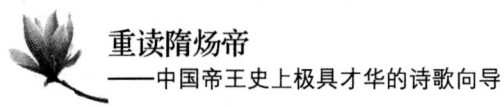

重读隋炀帝
——中国帝王史上极具才华的诗歌向导

舳舻千里泛归舟，言旋旧镇下扬州

开凿大运河无疑是大隋帝国乃至我国古代国土规划中最宏伟的系统工程。一般来说，中国大运河肇始于春秋，完成于隋代，繁荣于唐宋，无论是从国家发展需要还是在地理、经济方面都发挥着至关重要的作用。而隋朝时期对大运河的开凿是不容忽视的。

其实，提起大运河就像是提起万里长城一样，人们大都不会陌生，而且一说起京杭大运河，人们就会自然地联想到隋炀帝杨广。因此，一般认为，隋朝大运河开凿于大业元年（605年）。晋王杨广即位后，旋即着手营建东都洛阳，与之配套的"超级工程"大运河开凿计划开始全面实施。

对于大运河，唐代诗人皮日休在他的《汴河怀古》中写道："尽道隋亡为此河，至今千里赖通波。若无水殿龙舟事，共禹论功不较多。"由此可见，假如没有当年隋炀帝铺张奢靡巡游江南的事情，也无隋炀帝的功绩和大运河给后世带来的利益，其甚至可以和治水的大禹相提并论了。

第四章 巡游江都，国家不幸诗家幸

但是，隋炀帝杨广一即位就立刻巡幸江都，也并非全然是出于私利。隋炀帝杨广即位后初幸江南，除了想回到自己心目中的龙兴之地江都外，更主要的目的其实与营建东都洛阳是一致的，那就是镇抚江南。

杨广来到江都，带给江东父老的第一件礼物，是于大业元年十月初二，在江都宣布大赦江淮以南，"扬州给复 5 年，就总管内给复 3 年"。给复即是免除租赋。第二件事，是次年初纳陈后主第六女陈婤为贵人，并特招将灭陈时流放的陈皇室子弟，"尽还京师，随才叙用"。

至于浩大的仪仗和排场，是要以皇帝至高无上的尊严威慑江南，这与秦始皇以及所有帝王的做法是一样的。

另外值得注意的是，炀帝南巡具有重大的政治文化使命，随行人员中不仅有中原硕学鸿儒，如大文豪薛道衡，博学通识的牛弘，同时还随身带来大批僧尼道士，回到江都四道场，讲经弘发，好不热闹。这对加强江南的政治、经济、文化统治具有十分重要的意义。

就这样，大业元年（605 年）深秋，隋炀帝杨广带着 20 几万人的庞大队伍到江都巡游。隋炀帝和萧后分乘两条四层高的大龙船，船上有宫殿和上百间宫室，都装饰得金碧辉煌。接着就是宫妃、文武官员以及卫士们乘坐的大船，总共有上万条船只在大运河上排开，从船头到尾船连接起来，竟有 200 里长。在岸上拉纤的纤夫就达 80000 多人。两岸还有骑兵护送，旌旗蔽日，气势非凡。隋炀帝在船上饮酒作乐，沿途 500 里内的老百姓，都被要求奉献食品。

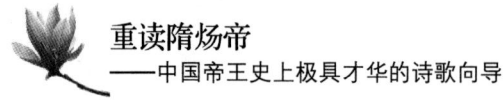

重读隋炀帝
——中国帝王史上极具才华的诗歌向导

到江都后,隋炀帝居于上方宫。可据说,隋炀帝在上方宫连梦不断。他梦见自己坐在兜率天宫里听阿弥陀佛讲经。阿弥陀佛讲到精彩处,不由得提高了音调说:"法本法无法,无法法亦法。今付无法时,法法何曾法。"不想,佛师发现"总持弟子"心猿意马,批评道:"一个人心之不定,况又有外魔诱惑,即形如枯木,虽遇春风,亦不能复前的。"于是飞起一脚,将杨广踢出。杨广直从天宫滚出,幸好落在一朵云彩上。

他惊醒了,原来是一场梦。隋炀帝一点也不恼,联想到白天龙舟停靠运河岸边的美好感受,不禁诗兴大发,遂作《泛龙舟》。诗云:

泛龙舟

舳舻千里泛归舟,言旋旧镇下扬州。
借问扬州在何处,淮南江北海西头。
六辔聊停御百丈,暂罢开山歌棹讴。
讵似江东掌间地,独自称言鉴里游。

《泛龙舟》描写气魄宏伟,对于文字意境的驾驭举重若轻,直把南巡视为回归故乡,字里行间无不透露出舒畅淋漓之感。

前两句"舳舻千里泛归舟,言旋旧镇下扬州。"写得春风得意,而"舳舻千里"也写出了巡行扬州的场面之大。其中"舳舻"合指首尾相接的船队。"旧镇",是指扬州,原为隋炀帝任总督时的镇守之地,此次是旧地重游。

接着"借问扬州在何处,淮南江北海西头。"指出隋炀帝所

第四章 巡游江都，国家不幸诗家幸

熟知的扬州地理位置，在淮河以南，长江以北，黄河以西，是一处要冲。"六辔聊停御百丈，暂罢开山歌棹讴。讵似江东掌间地，独自称言鉴里游。"指出隋炀帝杨广暂时丢开骑马开门的陆上活动，乘上百丈龙舟在棹歌声中作水上之行，联想到过去的江南帝王，在掌间之地，只能自称作镜里之游，何能与自己今天的壮游相比。

实际上，隋炀帝初登大宝，巡幸扬州，其气势确实是令人惊叹的，而诗作中无不反映了隋炀帝宏大的气魄、初为帝王的冲天豪情。清代王夫之评隋炀帝《泛龙舟》曰："神采天成，此雷塘骨少年犹有英气。"

据记载，隋炀帝杨广巡游江都，乘船者总数量最低限度估计也要在10万人以上。在通济渠上，"舳舻相接二百余里，照耀川陆，骑兵翊两岸而行，旌旗蔽野"。50天后，最后一条船才驶出两岸挽夫牵引前进，共有挽船士8万余人。南巡船队和两岸士兵总计杂二三十万人。沿途献食从役者每天都在十数万众。

同时，隋炀帝的龙舟也是十分令人称道的。隋炀帝乘坐的龙舟是一种豪华型的客船，高四十五尺，长二百尺，上下分为四层。上层设正殿、内殿、东西朝堂和回廊；中间两层共有160个房间，均用丹粉粉刷，以金碧珠翠作装饰，悬缀有流苏、羽葆和朱丝、网络。下一层是长秋、内史等随从，以及船工们的住房。皇后的专用御座比龙舟稍小，也十分豪华。此外，嫔妃、诸王、公主等也有相应等级的坐船，百官则依品级而定。各类船只总数超过五千多艘，前后相接，长达二百余里。

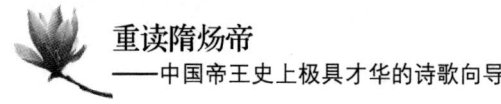

重读隋炀帝
——中国帝王史上极具才华的诗歌向导

隋炀帝杨广下扬州所乘龙舟,历史记载颇多,以隋代著作郎杜宝的《大业杂记》所记最详:"其龙舟高四十五尺,阔四十五尺,长二百尺。四重,上一重,有正殿、内殿、东西朝堂;中二重,有一百六十房,皆饰以丹粉,装以金碧朱翠,雕镂奇丽,缀以流芳、羽葆、朱丝、网络;下一重,长秋、内侍及乘舟水手,以青丝大绦绳六条,两岸引进。其引船人,普名'殿脚',一千八百人,并着杂锦、采装、袄子、行缠、鞋袜等。"

可见,初为帝王的隋炀帝巡行江都的气势、排场是令人惊叹的,这从一个侧面显示了隋炀帝即位之初社会经济的繁荣景象以及作为帝王的杨广希望巡游西海,天下拜服的豪情壮志。

第四章　巡游江都，国家不幸诗家幸

渌潭桂楫浮青雀，果下金鞍跃紫骝

大业元年（605年），即位之初的隋炀帝杨广对于国政有远大的理想和抱负，并且戮力付诸实现，大刀阔斧地采取一系列的政策。而且，隋炀帝一改文帝时期简朴的主张，大兴土木，极力凸显大隋帝国的繁盛，享受一代帝王本该有的威仪和体面。

大业元年，隋炀帝从文帝手中接过的隋朝已经空前强盛，为了炫耀国力、加强对江南的统治，即位之后隋炀帝坚持巡幸江都，且在营建东都洛阳的同时，又自长安至江都（扬州），沿途"置离宫十余所"，其中扬州最多，合称江都宫，而诸多离宫中也以江都宫最为壮观。江都宫规模宏伟，装饰华丽，内有各种名号的宫室十多处。此外，又在运河之畔的城东湾头、城南扬子津建有行宫湾头。行宫建好之后，因为嫌风水不好，后改为寺庙。扬子津行宫叫临江宫，登临可眺望浩瀚长江。而尤其是其中的上方宫，它处在蜀冈东峰。这里冈势迤逦，松柏苍翠，气象森然。遇上天气晴朗，南望江南，金、焦二山隐约可见。

初次巡幸江都，除了大运河上长达百余里的巡游船队，八

重读隋炀帝
——中国帝王史上极具才华的诗歌向导

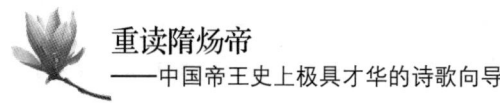

万多船工、纤夫以及两岸 20 万骑兵护卫,还有壮观华贵的行宫。白天是旌旗蔽日,晚上游船灯火通明,宫殿中丝竹阵阵,所到州县五百里内的百姓都得奉献精美的特产,供他们吃喝。江都一趟,隋炀帝杨广一路兴致满满,遂作《江都宫乐歌》,正是"扬州旧处可淹留,台榭高明复好游。"

江都宫乐歌

> 扬州旧处可淹留,台榭高明复好游。
> 风亭芳树迎早夏,长皋麦陇送余秋。
> 渌潭桂楫浮青雀,果下金鞍跃紫骝。
> 绿觞素蚁流霞饮,长袖清歌乐戏州。

此诗为大业元年初隋炀帝幸江都时所作,抒发了隋炀帝即位之初的快意生活,描写了扬州的美好生活情境,流露出了巡游江都的舒畅心情和成就感。

前两句"扬州旧处可淹留,台榭高明复好游。"表明隋炀帝是旧地重游。其中"旧处"和他其他诗作中的"旧镇"是同一个意思,指扬州原为他任总督时的镇守之地。

接着"风亭芳树迎早夏,长皋麦陇送余秋。渌潭桂楫浮青雀,果下金鞍跃紫骝。"描写了巡幸江都的美好景色,文字清丽,景色宜人,对扬州的留恋溢于言表。这里有芳树中的风亭,麦陇中的长皋,水上浮"青雀",林下跃"紫骝"。其中"紫骝"是指一种体形很小的可以骑着在树下穿行的马,亦称果下马。

尤其是"风亭芳树迎早夏,长皋麦陇送余秋。"轻轻一句,

第四章　巡游江都，国家不幸诗家幸

便带出江南秀色，冲淡了宫体格调，使得整首诗作有一种高远阔大的意境，一改全然柔媚的南朝乐府诗。

最后两句"绿觞素蚁流霞饮，长袖清歌乐戏州。"回归到江都宫，描绘了江都宫宴饮的场景。饮着美酒，听着清歌，是何等的欢乐！这里有"奢靡"，也有对风光景色的赞美，华丽而不庸俗。其中，"绿觞"是指绿色的酒器晶莹剔透，美丽得就像碧玉一样，"素蚁"是指酒面上的白色泡沫，而"流霞"是寓酒水。

同时，隋炀帝杨广的《江都宫乐歌》在形式上也颇有建树，在后世评价很高。明代著名文学家王夫之评隋炀帝《江都宫乐歌》形式上已经十分接近七律，认为是早期的七言律诗，可谓七律之祖。隋炀帝的诗歌地位不可小视，他起到承上启下的作用。《中国文学史》也对隋炀帝的《江都宫乐歌》评论说："形式上比庾信的《乌夜啼》更接近唐代的七律。"

其实，在隋炀帝杨广之前，南北朝时期大文学家庾信的《乌夜啼》已经具有了七律的形式，但是还比较粗糙。而隋炀帝杨广的《江都宫乐歌》形式上比庾信的《乌夜啼》更接近唐代的七律。

下面，我们就一起看一下庾信的《乌夜啼》，略作比较。

乌夜啼

促柱繁弦非子夜，歌声舞态异前溪。
御史府中何处宿，洛阳城头那得栖。
弹琴蜀郡卓家女，织锦秦川窦氏妻。

重读隋炀帝
——中国帝王史上极具才华的诗歌向导

　　讵不自惊长泪落，到头啼鸟恒夜啼。

　　我国著名诗词研究专家王步高先生也说："隋代已有七言律诗出现。历来认为隋炀帝杨广的《江都宫乐歌》便是早期的七言律诗。"现代文学史家也有论及："隋炀帝的《江都宫乐歌》，形式上比庾信的《乌夜啼》更接近唐代的七律。"可见，隋炀帝在诗歌格律化的道路上已经向前迈出了很重要的一步，这在诗歌发展史上是不容忽视的。

　　实际上，诗歌从四言发展到五言、七言，从古体发展到律诗经历了一个漫长的演化过程。隋炀帝杨广少学庾信，后吸取南北诗风的精华，在他手中形成了唐朝大放光彩的七律体。虽然说在隋炀帝杨广之前，庾信的《乌夜啼》已经具有七律的形式，但它的境界狭小，叙事单一，显得比较粗糙，尚不圆熟。而隋炀帝杨广的《江都宫乐歌》则更胜一筹。

　　因此，隋炀帝诗文在中国文学、诗歌史上占有重要地位。但作为亡国之君，其描写快意奢华生活的诗作多被毁誉，被认为是亡国家破的罪魁祸首。

第四章 巡游江都，国家不幸诗家幸

嘹亮铙笳奏，葳蕤旌旆飞

大业元年（605年），隋炀帝杨广为了炫耀国力，加强对江南的统治，决定巡幸江都。而浩大的巡行仪仗，也显示了大隋帝国当时的强盛和繁荣。楼船建造都是按照陆上宫阙建造，巍巍壮观。随行人员有"后宫、诸王、百官、僧尼、道士、蕃客"，所乘舟船"数十艘"。军士所乘数十艘，除了士兵所乘船只"自引不给夫"外，仅挽夫即船夫就有八万余人，舳舻相接，二百余里，照耀川陆。何等的气派！

次年，大业二年（606年）三月，隋炀帝下诏离开江都，决定从陆路返回东都洛阳。此次，隋炀帝返回长安的途中，场面同样十分壮观。隋炀帝诏令从陆路返回洛阳，就需要筹办大量的车马，制作各种仪仗仪服，为此又需要大量的羽毛皮革。随之，地方官府又颁布新贡名目，发动百姓到处捕捉鸟兽。时间不长，各种水陆禽兽几乎都被捉了个尽光，就这样也没达到官府规定的上贡数量。而且，人们还需要向囤积羽毛皮革的豪富人家购买，一时之间炒得羽毛皮贵如金。

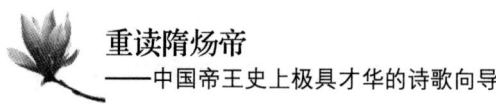

重读隋炀帝
——中国帝王史上极具才华的诗歌向导

就这样,隋炀帝首次巡幸在江都度过了一个冬天,三月,隋炀帝杨广千乘万骑,前呼后拥,返回洛阳。在返回东都洛阳的途中,杨广被周边景色触动,诗兴大发,遂作诗一首,题名为《还京师诗》。

且看其诗作:

还京师诗

东都礼仪举,西京冠盖归。
是月春之季,花柳相依依。
云跸清驰道,雕辇御晨晖。
嘹亮铙笳奏,葳蕤旌旆飞。
后乘趋文雅,前驱厉武威。

隋炀帝杨广初登大宝,其巡幸和返回途中尽显了帝王的威仪,到处都是奢华繁荣的场面。这是初登为帝的豪情壮志,同时也显露出了隋炀帝好大喜功、喜欢张扬的个性。虽然其中并非全然合理,然而,其政治意义还是值得肯定的。

前两句"东都礼仪举,西京冠盖归。"描写了返回东都洛阳时的礼仪准备。东都洛阳的礼仪已经准备就绪,长安的各位官吏随行以归。其中"东都"为洛阳,"西京"为长安。因为隋炀帝建洛阳为东京,因而称长安为西京。而"冠盖"是指古代官吏的帽子和车盖,借指官吏。

接着"是月春之季,花柳相依依。"点明了隋炀帝杨广初次巡幸江都的返京时间,是为阳春三月,花柳依依,一派春光无

第四章 巡游江都，国家不幸诗家幸

限。从这两句时间景色的描绘，可以看出隋炀帝此次巡幸江都的洋洋自得，满心欢喜。在一片春光明媚之下，巡幸车驾款款而来，真可谓是"春风得意马蹄疾"。

而"云跸清驰道，雕辇御晨晖。"写出了隋炀帝杨广返回时的宏大场景：帝王的车驾走在宽阔的大道上，"雄赳赳，气昂昂"，华美的车辆沐浴在清晨的阳光下显得熠熠夺目。其中"云跸"是指帝王的车驾，"驰道"是指中国历史上最早的"国道"，始于秦朝。"雕辇"是指饰有浮雕、彩绘的车。

第七、八句"嘹亮铙笳奏，葳蕤旌旆飞。"更是把隋炀帝杨广的回京车驾描写的"更上一层楼"。嘹亮的铙笳声奏起乐曲，伴随着随行的队伍四处飘扬，还有华丽鲜艳的军旗迎风招展，一派壮观华丽的回京图，无不令人惊叹。其中"铙笳"是指奏乐的乐器，"葳蕤"形容枝叶繁盛、羽毛装饰华丽鲜艳的样子，而"旌旆"是指旗帜，常借指军旅。

最后两句"后乘趋文雅，前驱厉武威。"把隋炀帝车队的气势表现了出来。后面的臣子的车马透出一股儒雅之风，前面的护卫车马则透露出一股威武之气。隋炀帝在此特意隐去对自己所乘车驾的描写，只是描述前后车驾的情况，表明自己有文臣武将的辅助，大隋帝国已然固若金汤，显示了隋炀帝作为一代帝王的英姿豪情。其中"后乘"是指从臣的车马，泛指随从在后面的车马；而"前驱"则是指行走在前面的车马，也就是起到护卫职能的车驾。

纵观全诗，隋炀帝杨广《还京师诗》的字里行间透露出无比的自豪、喜悦以及作为一代帝王的豪情和骄傲。可见，隋炀

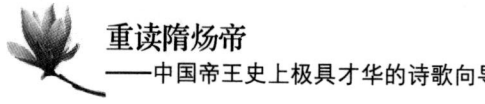

重读隋炀帝
——中国帝王史上极具才华的诗歌向导

帝第一次巡幸江都是比较成功的。而且,一月之后,精心设计并由著名城市规划大师修建的东都洛阳竣工完成,满心的欢喜,自不待言。

第四章　巡游江都，国家不幸诗家幸

飒洒林花落，逶迤风柳散

隋炀帝杨广在位十数年的时间，但是"居京时间不足一年"，其余的时间大都是在车、船、马上，在四方巡幸中度过的。因此，隋炀帝杨广是一个十分喜爱出巡的皇帝。

或许也正是在这样的性格诱导下，仁寿四年（604年），隋炀帝杨广继位之后，下的第一道诏令便是巡游江都。当然，这次巡幸江都，除了有隋炀帝杨广自己的私心以外，更重要的是要借巡幸江都，震慑江南，彰显国力，巩固自己的政治统治，因此，隋炀帝杨广巡游江都并不都是出于一己私欲。

也正是在巡幸江都的过程中，极富才情的隋炀帝杨广作了大量优秀的诗篇。其中，有一首与佛教密切关联的诗歌，题名为《舍舟登陆示慧日道场玉清玄坛德众诗》。

这首诗作是隋炀帝杨广第一次巡幸江都过程中所作。大业二年（606年）三月，隋炀帝杨广下诏离开江都，但此次炀帝决定从陆路返回东都洛阳。虽然是陆路返程，但是隋炀帝返回长安的场面同样十分壮观，丝毫不亚于乘龙舟巡幸江都之行。

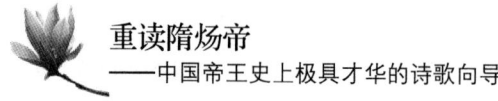

重读隋炀帝
——中国帝王史上极具才华的诗歌向导

隋炀帝诏令从陆路返回洛阳,需要筹办大量的车马,制作各种仪仗仪服,为此又需要大量的羽毛皮革。这一切都使得这次陆路返程之行极其奢侈壮观。

在返程途中,隋炀帝有感而发,留诗一首。下面,我们就来一起赏读一下。

舍舟登陆示慧日道场玉清玄坛德众诗

天净宿云卷,日举长川旦。
飒洒林花落,逶迤风柳散。
孤鹤近追群,啼莺远相唤。
莲舟水处尽,画轮途始半。
江浐各自遥,东西并兴叹。
已熏禅慧力,复藉金丹捍。
有异三川游,曾非四门观。
於焉履妙道,超然登彼岸。

这首诗作见佛教论文集《广弘明集》卷三十。其中,慧日道场、玉清玄坛分别为隋炀帝杨广所设置的四大道场之一。隋炀帝杨广身为晋王之时,奉命镇守扬州,任扬州总管数年,镇守期间,杨广注重对南人的政治统治和思想教化,提倡佛教、道教,并修建四大道场,其中佛道各二,供其弘法传道。

比如,《续高僧传·释吉藏传》中有言:"开皇末岁,炀帝晋蕃,置四道场,国司供给,释、李两部,各尽搜扬。"又《续高僧传》卷十五之论曰:"自爱初晋邸即位,道场慧日、法云,

第四章 巡游江都，国家不幸诗家幸

广陈释侣。玉清、金洞，备引李宗。"《集古今佛道论衡》曰："（炀帝）昔居晋府，盛集英髦。慧日、法云，道场兴号。玉清、金洞，玄坛著名。四海搜扬，总归晋邸。"等，都明确提到这四大道场。

隋炀帝杨广这首返回东都的诗作就蕴藏着浓厚的佛道思想。其实，自从晋王杨广镇守扬州之后，鉴于江南的动荡和由于杨素血腥镇压带来的高昂的反抗情绪，杨广即注重在思想和政治上拉拢南人，使南北归一，平叛暴动和叛乱，以安民心。

因此，在思想政治统治方面，作为一名政治家，隋炀帝杨广一方面佛、道并重，平衡各派；作为一名诗人，一方面在诗歌创作上兼美玄、佛，脱俗超然，显示出受玄佛合流的思潮。

事实上，自东晋以来，江左玄佛已呈合流之势，并在诗歌中得以表现，比如东晋著名山水诗人谢灵运、江总等人很多诗歌即是如此。因此，隋炀帝兼及佛、道，一定程度上也可以说是学习谢灵运、江总诗歌的一种具体表现。

在诗作中，前两句"天净宿云卷，日举长川旦。"描写了隋炀帝杨广返程途中天气静好，天空中干干净净，夜晚的云气半卷着，白天沿着长长的河流向前行进。其中"宿云"是指夜晚的云气，"长川"是指长长的河流。

接着"飒洒林花落，透迤风柳散。"进一步描写了返程途中的美好景致以及衬托自己愉悦舒畅的心情。微风习习，花朵片片吹落，两岸的垂柳也被风吹得飘来飘去。在这样惬意自然的景致下，长长的队伍浩浩荡荡地行进着，不难想象，隋炀帝杨广的心情是无比舒畅的，对第一次巡幸江都也是十分满意的。

重读隋炀帝
——中国帝王史上极具才华的诗歌向导

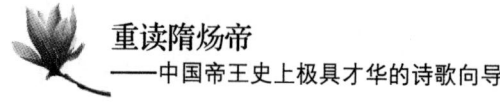

所谓"一切景语皆情语",隋炀帝杨广此次返程心中是快意的。其中"飒洒"是象声词,用来描绘风声,"逶迤"是蜿蜒曲折、拐来拐去的意思。

"孤鹤近追群,啼莺远相唤。"孤单的鹤在后面紧追着鹤群,鸣叫的黄莺遥相呼唤。这两句从表面上来看,是描写孤鹤追群、啼莺呼应的场景,但是却从另一个侧面反映了隋炀帝杨广此次返程途中人数之多、行进队伍之长,可谓是千乘万骑,绵延不绝。也正是因为这样,出现了"孤鹤"、"莺唤"的情况。其中,"孤鹤"意为孤单的鹤,"啼莺相呼"是鸟类在飞行过程中通过鸣叫来传递信息。

"莲舟水处尽,画轮途始半。"这两句描绘了隋炀帝在两相对比之下所观之景。莲舟行至水穷处,而华丽的车子还在行进的途中。其中"莲舟"是指采莲的船,"画轮"是指彩饰的车轮,亦指装饰华丽的车子。

总的来说,诗作的前面这几句是隋炀帝杨广诗人对佛、道所在之景物描绘,同时在对景物的描绘中,创造出了一种萧散高远、清寂洗练的意境,体现出一种脱俗与超然。

随后,隋炀帝杨广结合佛、道而点题,"已熏禅慧力,复籍金丹捍。"其"禅慧"自然意指佛家,"慧力"是佛教语,意为智慧有消除烦恼的力量,为五力之一。而"金丹"乃指道教。这两句的意思就是说,人们只有在佛、道的指引和帮助下,才可能体悟这种"妙道",达到脱俗超越之境。故最后两句写道"於焉履妙道,超然登彼岸。"

不仅如此,隋炀帝杨广还将佛、道与儒家比较以凸显,所

第四章 巡游江都，国家不幸诗家幸

谓"有异三川游，曾非四门观。"是指红尘和世俗之境不同，所谓"四门"当指四门小学，《北史·儒林传序》有言："太和中，改中书学为国子学，建明堂、辟雍，尊三老五更，又开皇子之学，及迁都洛邑，诏立国子、太学、四门小学。"后置四门博士，这里代指儒学。所以，"曾非四门观"就是指与现世儒家的体悟有别。显然，隋炀帝杨广有讨好佛、道之意，不过也符合诗教潮流和审美趋向。

纵观全诗，隋炀帝杨广的这首诗作把景物描写和佛、道思想糅合在一起，使得整首诗作有着鲜明的思想倾向和浓重的佛、道意境。

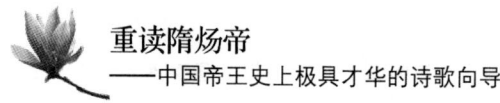

重读隋炀帝
——中国帝王史上极具才华的诗歌向导

他日迷楼更好景，宫中吐艳恋红辉

隋炀帝杨广在大业六年（610年）第二次巡幸江都。当时，隋炀帝威服四夷，被突厥人尊为"圣人可汗"，威加四海，春风得意。东南各国远夷来朝，更使他感觉光彩。而且此时，称藩臣服的高昌王及西域各国使者均在他身边，于是隋炀帝决定带他们到锦绣江南去看看，让他们更加心悦诚服地向"圣人可汗"朝贡。

因此，这次巡幸江都，主要是为了让外国使臣看看锦绣江南，抚慰少数民族，同时也准备讨伐桀骜不驯的高丽。为此，在第二次巡幸江都之前，隋炀帝做了充分的准备，比如大兴土木兴建的江都宫。而值得一提的是，除此之外还有集众多华美和传奇色彩于一身的迷楼。

在隋炀帝的遗迹中，最富有传奇色彩的，无疑就是迷楼。关于迷楼的传说有很多。相传当时有个发明家，给隋炀帝杨广设计了一座阁楼，把图纸拿给他看，隋炀帝展卷一览，顿时龙颜大悦，立即下令明有司准备砖瓦木料，征集役夫数万，开始

第四章　巡游江都，国家不幸诗家幸

动工，足足用了三年才造成。

这座楼可真是不得了，高可数重，雕梁画柱，玉栏朱轩，金碧辉煌，设有千门万户，藏纳幽房曲室无数，互相连通，步入之后，令人意夺神飞，不知所在。而且，从里到外都装饰着各种奇珍异宝，金龙伏于栋下，玉兽蹲于户旁，放出瑞彩霞光，昼夜通明，楼中更有四顶宝帐，分别是"散春愁、醉忘归、夜酣香、延秋月"，可以说是"工巧至极，自古未有"，所花费用几乎使国库为之一空。皇帝瞧上哪个美女，就把她们带到楼中，住上个把月也不想出来。

这座楼阁建成之后，若有人误入其中，到死也走不出来，隋炀帝大喜，谓左右曰："叫真仙游走此楼，也会自迷，可称此楼为'迷楼'。"据载，隋炀帝当年建造的迷楼凌云摘星，飞云宿雾，玉柱金楹，千门万户，复道连绵，幽房雅室，曲屋自通。有误入者，"目眩神迷，虽终日不能出"。炀帝游迷楼后，大喜过望，说："此楼曲折迷离，不但世人到此，沉冥不知，就使真仙游其中，亦当自迷也。"（韩偓《迷楼记》）迷楼缘此而得名。

《迷楼记》虽然是小说家之言，但是史书中对隋炀帝后宫之盛亦多有记载。《资治通鉴》记，隋炀帝曾于洛阳西郊修建了一座方圆二百里的西苑，苑内掘海修渠，沿渠建十六院供宫女们居住。"上好以月夜从宫女数千骑游西苑，作《清夜游》曲，于马上奏之。"

唐代诗人冯贽《南部烟花记·迷楼》："迷楼凡役夫数万，经岁而成。楼阁高下，轩窗掩映，幽房曲室，玉栏朱楯，互相

重读隋炀帝
——中国帝王史上极具才华的诗歌向导

连属。帝大喜,顾左右曰:'使真仙游其中,亦当自迷也。'故云。"宋人贺铸《思越人》词:"红尘十里扬州过,更上迷楼一借山。"清人徐昂发《扬州》诗:"裙缞禹穴千年茧,镜拥迷楼万朵花。"

在《南北史演义》中,有关迷楼的故事,演绎得最为传神:"炀帝眼巴巴地专望楼成,一闻工将告竣,便亲往游幸,令项升引导进去。先从外面远望,楼阁参差,轩窗掩映,或斜露出几曲朱栏,或微窥见一带绣幕,珠光玉色,与日影相斗生辉,已觉得光怪陆离,异样精彩。及趋入门内,逐层游览,当中一座正殿,画栋雕梁,不胜靡丽,还是不在话下。到了楼上,只见幽房密室,错杂相间,令人接应不暇,好在万折千回,前遮后映,步步引入胜境,处处匪夷所思。玉栏朱镘,互相连属,重门复户,巧合回环:明明是在前轩,几个转弯,竟在后院;明明是在外廊,约略环绕,已在内房。这边是金虬绕栋,那边是玉兽卫门;这里是锁窗衔月,那里是珠牖迎风。炀帝东探西望,左顾右盼,累得目眩神迷,几不知身在何处。"在隋亡之后,迷楼就成了游人到扬州必访之处。唐人李绅《宿扬州》诗云:"今日市朝风俗变,不须开口问迷楼。"这就说明人们一到扬州就问迷楼。

历史饶有趣味的是,就连杨广最后的命运也与迷楼中的谶言有关。大业九年(613年),杨广再幸扬州,在深夜中他听到有迷楼歌女唱道:"河南杨救谢,河北李花荣。杨花飞去落何处,李花结果自然成。"他问这是哪的歌谣,宫女说是民间流传的歌曲。隋炀帝杨广默然叹息,索酒悲歌《迷楼歌》,歌声不胜

第四章 巡游江都,国家不幸诗家幸

其悲。近侍问为何无故悲歌,杨广已经有了不祥的预感,对近侍所言:"休问。他日自知也。"

下面,我们就一起赏析一下隋炀帝杨广的《迷楼歌》。

迷楼歌

宫木阴浓燕子飞,兴衰自古漫成悲。
他日迷楼更好景,宫中吐艳恋红辉。

隋炀帝三下扬州,在扬州建造行宫数处,观音山迷楼就是其中之一。他在长安有豪华宫殿,却闲置不用,而在扬州新建宫殿,以作吃酒淫乐。然而好景不长,他被部下杀死在江都宫中,后葬于雷塘,后人在迷楼的故址上建了"鉴楼",此楼现仍在观音山正殿之西。

奢靡一世的隋炀帝杨广怎么也想不到,他终日作乐的迷楼,如今竟然成了佛家的净土。这位被迷楼迷乱了意志、迷惑了心智、迷失了方向的帝王,最终只换来雷塘一抔黄土。后人为吸取这一深刻的教训,故将"迷楼"改为"鉴楼",意为"前车之鉴",这对历代统治者来说都不啻是一部历史教科书。

诗作的前两句"宫木阴浓燕子飞,兴衰自古漫成悲。"描写了隋炀帝看着富丽堂皇的迷楼,生出感触,感叹世事无常,想到王朝的兴衰更迭。接着"他日迷楼更好景,宫中吐艳恋红辉。"写出了隋炀帝杨广对迷楼前景的设想。事实上,此时的隋炀帝已经嗅到大隋帝国衰败的味道,似乎也觉察到了自己往昔纵情声色的迷楼终将被后人摧毁。

重读隋炀帝
——中国帝王史上极具才华的诗歌向导

这是隋炀帝晚期的作品,字里行间早已经没有了昔日的帝王豪情和雄壮之气。作为一位行将末路的帝王,在最后的时光里,他看着富丽堂皇的迷楼,想到自己以前奢靡的生活,不禁感慨万千。从最后两句诗中,隋炀帝自己也已经把"迷楼"看作是一种包含着醉生梦死、荒淫无耻等意味的文化符号。

可见,自始至终,隋炀帝杨广都不是一个愚蠢透顶的皇帝。只是他已经力不从心了,或者已经认命了,他已经无法改变隋帝国摇摇欲坠、大厦将倾的现实了,所以才不胜其悲,过一天算一天,就像他早就预知自己不得好死,而抚摸着自己的头颅感叹一样:"好头啊,好头,只是不知道谁能一刀砍下?"就这样,隋炀帝清醒的在醉生梦死地等待着最后时刻的到来。

晚年为消除强烈的失落感和政务上的压力,他逃避现实,巡幸扬州,整日杯不离手。

隋炀帝第二次巡幸扬州之后,短短数年,天下风起云涌,乱兵四起,直至大业十三年(618年),隋炀帝杨广被部下宇文化及所杀,而这座气势恢宏、巧夺天工,堪称是建筑界奇迹的迷楼和他主人的预言一样,命运多舛,被后来继位的唐太宗李世民一把火烧了个干干净净,应了杨广所言"宫中吐艳恋红辉"。

纵观隋炀帝杨广波澜壮阔的一生,可谓是起了个大早,早年雄姿勃发,但是却赶了个最晚,这个原本可以成为唐宗宋祖一样引领历史风骚的隋二世帝王,却因为主客观原因,特别是晚年的不作为和荒淫无耻而成为中国历史上最具争议的帝王。

隋炀帝的一生,可谓是毁誉参半。但是作为帝王,大致是

第四章　巡游江都，国家不幸诗家幸

毁誉参半者多，一边倒者少。毕竟帝位对他们来说，是一个新的开始，是一种考验和锤炼。其中的雄心壮志或是贪图安逸，或是骄纵奢侈、荒淫无道，都会随着帝位皇权凸显而显现和表露出来。

重读隋炀帝
——中国帝王史上极具才华的诗歌向导

但存颜色在,离别只今年

隋炀帝杨广作为一代帝王,是一个具有雄心抱负且富有聪明才智的帝王,因此自即位之后,炀帝就大展抱负,大兴土木,东征西讨,誓要建立一个四海归心的大隋帝国。然而,由于隋炀帝性格的缺陷,好大喜功、过于执拗和自负,以至于外征不利、内乱不止。

大业七年(611年),隋末农民战争终于爆发了,邹平(今山东邹平北)民王薄聚集农民据长白山起义,自称"知世郎",作《毋向辽东浪死歌》反对辽东之役,以发动民众。逃避征役的广大农民纷纷参加到王薄起义军中。

随后,平原(今山东陵县)刘霸道、鄃县(今山东夏津)张金称、漳南(今河北故城东)孙安祖和窦建德、渤海(今河北阳信西南)高士达、韦城(今河南滑县东南)翟让、章丘(今山东章丘西北)杜伏威等相继起兵。其余反隋小股武装不可胜数。这一年起义军主要起于今山东、河北、河南间,聚保山林川泽,主力则是逃避征役的贫苦农民。炀帝无视人民的愤怒

第四章　巡游江都，国家不幸诗家幸

与反抗，大业八年悍然发兵攻打高丽，促使起义进一步发展。这一年，见诸史籍记载的新的起义军有二十一支，其中，山东十四支，江淮四支，河南、关中和河西各一支。起义的地区扩大，重点仍在河北、山东。起义的群众基础也扩大了，大多数是贫苦农民，也有牧子（身份不自由的牧民）和下层僧侣。

在起义迅速扩大的同时，隋统治集团内部发生分裂。大业九年（613年），隋炀帝发动第二次对高丽战争，大贵族杨素之子礼部尚书杨玄感，乘隋炀帝在辽东之机，联合一批贵族子弟起兵黎阳（今河南浚县北），进逼东都。隋炀帝与玄感之间的厮杀，抵消了统治阶级的实力，义军乘机发展。到大业十年（614年）第三次对高丽战争时，义军处处皆是，道路隔绝，官军已经无法按期集中。

到大业十二年（616年），先后在全国各地兴起的起义军大大小小不下百余支，义军众达数百万。以隋炀帝杨广的聪慧才智，不难看出黑云压城，风雨满楼，大厦将倾的前景。然而，此时此刻，凭借隋炀帝一人之力已经再难改变现状，自己仅有的力量也可能随时分崩离析。

无情的打击已经使隋炀帝的情绪低落到了极点，既回天无力，只好逃避现实。于是，隋炀帝杨广从一个极端走到了另一个极端，开始灰心丧气、自暴自弃，进而追求享受、贪图淫乐，为自己花费巨资营造削金窟和淫乐场所，夜夜笙歌，花天酒地。他好像换了一个人，政治上不再有任何进取之心。

而且，他的雄心壮志也被消磨殆尽，虽然纵情声色也掩饰不住内心的焦虑和恐惧。据载，自大业八年（612年）以后，

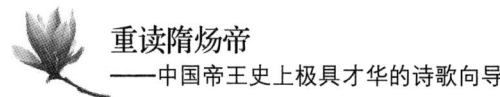

重读隋炀帝
——中国帝王史上极具才华的诗歌向导

隋炀帝"每夜眠，恒惊悸，云有贼，令数妇人摇抚，乃得眠"。大业十二年（616年）四月，大业殿西院火灾，炀帝"以为盗起，惊走，入西苑，匿草间，火定乃还"。恐惧而至心理不正常，政治意志完全崩溃，后来干脆不愿过问国政，追求享乐，以玩笑解闷。五月，发生日食，炀帝于西苑景华宫征求萤火虫，得数斛。夜出游玩，放出，"光遍岩谷"。表面上看玩得开心，花样翻新，但却掩饰不了炀帝内心的焦虑、失落和无可奈何。

这时的炀帝已称得上是一个昏君了。

是年七月，江都新造的龙舟完工，送到京都。大臣宇文述（隋炀帝的亲家翁）带头诌媚，劝炀帝行幸江都。而炀帝自己也对中原政局失去信心，也想逃避偷安一隅，他想的是万一北方控制不住，就放弃两京，退保江都，像六朝那样割据江南。因此，隋炀帝杨广第三次巡游江都，是在天下大乱的背景下进行的，以求苟且偷安，赢得喘息的机会，带有政治逃难和避祸的意味。

也正是因为这样，此次隋炀帝巡幸江都，许多美艳的宫娥不能随驾，于是争泣留帝，而隋炀帝也自知此去可能再也回不来了，于是故作多情地题诗一首《赠宫女》，并以此诗赠宫娥。

且看其诗作：

赠宫女

我梦江都好，征辽亦偶然。
但存颜色在，离别只今年。

第四章 巡游江都，国家不幸诗家幸

前两句"我梦江都好，征辽亦偶然。"写出江南的美好以及对征辽事宜的失落之感。江南秀丽的风光和三征辽东的失利，使得隋炀帝更加对江都青睐有加，心向往之。接着"但存颜色在，离别只今年。"是对洛阳宫女的话别之语，同时也暗示了此去一别可能再无见日。因此，这两句虽是对洛阳宫女的话别，更是隋炀帝内心的心情写照。此去经年，他似乎已经知道就要和自己精心规划建造的东都洛阳永别了。可以说，"但存颜色在，离别只今年。"是隋炀帝的挥泪之句，而所谓之"颜色"也不仅仅是指宫女，也暗指东都洛阳的大好河山。

可见，此时的隋炀帝早已经不是即位之初那个雄才大略、无所畏惧的帝王了。相应地，隋炀帝杨广已经走向末路，开始纵情声色。也正是这段末路时期的表现，使得隋炀帝更遭到后世的唾弃。然而，殊不知，这是一代帝王的自我麻醉、理想抱负落空之后的自暴自弃。

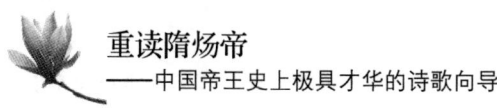

重读隋炀帝
——中国帝王史上极具才华的诗歌向导

求归不得去,真成遭固春

大业十二年(616年)七月,隋炀帝杨广登上龙舟,第三次巡幸江都。然而这次巡幸江都和以往两次的江都之行截然不同。前两次巡幸江都都是春风得意之举,或是炫耀国力或是加强对江南的政治统治。而第三次巡幸江都,隋朝统治已经摇摇欲坠,全国各地燃起了农民起义的熊熊烈火。

虽然,隋炀帝的这次江都之行受到很多大臣的反对,有大臣进言"陛下若巡幸江都,天下非陛下之有!"但是"黑云压城"的局势已经容不得隋炀帝选择。这次巡幸江都之路,可谓是充满了血腥气,走了一路也杀了一路,众多劝谏的大臣大都被杀害。右候卫大将军赵才进谏,被关押数天放回。正六品的建节尉任宗上书极谏,被炀帝下令当众杖死。临行,又有从九品的奉信郎崔民象于建国门上表进谏,处斩。此后还有进谏者,均斩。一路走,一路斩,急奔江都。

显然,这一路的血腥气,全然不是以前两下江都的情景,也全无中原天子的气派或是有什么震慑江南人心的效果。这次

第四章 巡游江都,国家不幸诗家幸

下江都,虽然也是豪华的龙舟作陪,但是已然是一种仓皇逃跑的情势。

事实上,隋炀帝在江都经营多年,可以说是根基深厚的。隋炀帝杨广从开皇十年(590年)出任扬州总管,镇守江都,到开皇十九年(599年)离开江都入朝,整整长达十年之久。后来,隋炀帝又两次巡幸江都,对江都的政治统治进一步强化。

然而,大鹏安能栖居于燕窝。退居江都的隋炀帝本想凭借长江天堑,与叛军隔江而治,然而到了江都之后内心却备受煎熬,随行而来的江北将士察觉到隋炀帝杨广偏安江都的打算后军心大乱,看似平静的背后实则已经暗流涌动,危机四伏,随时都可能在隋军的内部爆发动乱。

聪明睿智的隋炀帝杨广对此并非一无所知,但是失意沮丧的隋炀帝偏安一隅,已经对政治失去信心,到达江都之后变得更加放荡不羁,纵情玩乐,酒杯不离口,以此来麻醉自己,逃避现实。终究是"流水落花春去也",隋炀帝杨广日复一日地饮酒纵乐,使得江都的处境也风雨飘摇,形同危卵。

大业十三年(618年),隋炀帝纵酒声色之际,观其眼前形势,有感而发,作诗一首,题名为《幸江都作诗》。

且看其诗作:

幸江都作诗

求归不得去,真成遭固春。
鸟声争劝酒,梅花笑杀人。

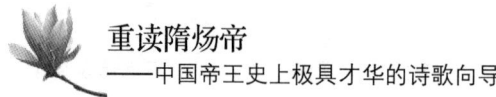

重读隋炀帝
——中国帝王史上极具才华的诗歌向导

此诗作于隋炀帝杨广最后一次巡游江都期间。据《隋书》记载"帝因幸江都复作五言律",即指此诗。对此诗,虞世南、世基兄弟也都有和诗《奉和幸江都应诏》,不过也大都缺乏一定的意味。

事实上,隋炀帝的这首诗作是即时应景之作,有感而发,也没有太深的含义,反而是隋炀帝给自己的最后下场定下的论调。诗作的首两句"求归不得归,真成遭困春。"从字面上来看,是说想要归去却不能归去,是因为遭到个好春天。然而,实际上这句话已然奠定了全诗的基调,反映了隋炀帝杨广面对当时时局内心纠结、矛盾的状态,而诗作中的"春天"实则是指江都的秀丽风光和自己以往在江都的繁丽之举。思虑至此,欲归而不忍。

接着最后两句"鸟声争劝酒,梅花笑杀人。"把隋炀帝的内心情绪进一步升华,描写了其在江都纵情声色的奢靡生活,然而,在花香鸟语的背后,在风花雪月的背后,却含藏杀机。其中"鸟声争劝酒"在艺术上是可圈可点的,隋炀帝杨广以鸟声来做景,借称鸟声是劝自己饮酒,然后最后一句"梅花笑杀人"笔锋一转,把梅花变成了"笑里藏刀"的元凶巨恶。而且这最后一句也点明了隋炀帝纵情声色、日日宴饮的生活终将会把自己送上断头台。

历史总是喜欢捉弄人,总是喜欢在事发之前让人们有一些感慨或预知。隋炀帝的《幸江都作诗》俨然成为了自己的预言书。大业十四年(公元618年),大厦将倾,人心涣散。禁军将领们也不愿做殉葬品,于是隋军内部发生了反叛。

第四章 巡游江都,国家不幸诗家幸

到了江都之后,隋炀帝杨广萌生了放弃回归长安的打算,引起了禁卫部队骁果军的恐慌和不满,因为"从驾骁果多关中人,久客羁旅,见帝无西意,谋欲盼归"。即使隋炀帝杨广"括江都人女寡妇,以配从兵",也难以打消骁果军对家乡父老妻儿的思念之情。大业十四年(公元618年)三月十日夜,骁果军大部集合数万兵马发动兵变。

发动此次叛乱的首谋是总领骁果军头目虎贲朗将司马德勘,后来那些惦记着关中家中的将士们把宇文化及推为首领。《隋史》中的宇文化及"性凶险,不循法度,好乘肥挟弹,驰骛道中,由是长安谓之轻薄公子"。

宇文化及后来说了一句很有名的话:"人生故当死,岂不一日为帝乎!"于是他杀了自己一手扶上台的傀儡秦王杨浩,自立为帝,国号为"许"。只可惜他的帝位还没坐热,就被窦建德全家处斩。

就这样,同年三月,隋炀帝杨广即被宇文化及等叛军杀死于江都,年仅五十岁的隋炀帝,在江都宫的温室中结束了他轰轰烈烈雄壮豪放的一生。而三月正是春日,从此隋炀帝再也归不去了,却也恰好应验了这句"求归不得归"、"梅花笑杀人"之语。所以,《隋书》上说"即遭春之应也,此诗遂为炀帝绝笔。"

"徒有归飞心,无复因风力。"隋炀帝杨广晚年是清楚自己的下场的,锐意尽失的杨广晚年引镜自照,对萧后和臣下说:"好头颅,谁当斫之!"意思也就是说,"多好的一颗头颅啊,不知将会被谁砍了去。"无论这是玩世不恭的戏谑之语,还是对

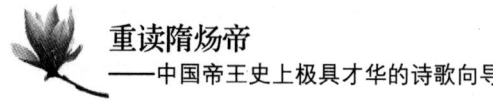

重读隋炀帝
——中国帝王史上极具才华的诗歌向导

时局、对自己境遇的一种悲叹,都似乎说明了隋炀帝对自己的结局已然做好了准备,他似乎已在建功立业上释然,从而把全部的心思放在尽享余生之上。

"去亦死,住亦死,未若乘船渡江水。"然而,隋炀帝第三次巡幸江都,换来的却是"一道勒痕,江山不复"。

第五章　任人唯才，亲厚才学之士

在众人的认识里，隋炀帝杨广或许难以成为一个有道的明君，但是也不可否认，炀帝即位之初和在施政的过程中，却有着极大的雄心和抱负，他希望开疆扩土、四夷来朝。他希望人民富庶安康，天下海清河晏。为此，隋炀帝杨广任人唯才，亲厚才学之士。加上隋炀帝杨广本人是一位伟大的诗人，所以炀帝对才学之士多有赏识、青睐有加。也正是因为这样，隋炀帝周围形成了浓厚的文学气息，隋炀帝本人也在诗歌造诣上更上一层楼。

第五章　任人唯才，亲厚才学之士

扫逆黎山外，振旅河之阴

隋炀帝杨广少具有才智，一生政途坦荡。开皇元年（公元581年）二月，隋文帝杨坚即皇帝位。据记载，当月二十五日，隋文帝即奉杨广为晋王，二十七日，又任命为并州总管。当时，隋炀帝杨广年仅十三岁。

开皇八年（589年）冬，年仅20岁的杨广拜为隋朝兵马大元帅，统领51万大军南下平陈，并完成统一。次年，奉命到江南任扬州总管，并平定了江南高智慧等人的叛乱。不仅如此，隋炀帝杨广亲自实地在江南花了十年来拢络人心，缓和了南方的怨恨和怀疑，在军事占领后推行合理的行政，打破阻碍南人成为忠于隋室臣民的许多政治和文化隔阂。自此南北朝之后和北方隔离多年的江南才开始归顺中央，也使得之后的唐朝在南方的统治得以顺利进行。

开皇二十年（600年），杨广北上击败突厥进犯。这些功劳是其他皇子所没有的。《隋书》赞曰："杨广，南平吴会，北却匈奴，昆弟之中，独着声绩。"20岁的杨广完成了中国的统

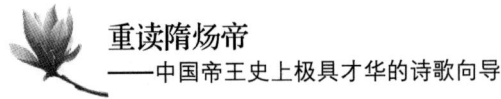

重读隋炀帝
——中国帝王史上极具才华的诗歌向导

一大业,结束了上百年来中国分裂的局面。也结束了中国三四百年的战乱时代。从此中国进入了和平、强盛的时代。同年,杨广被立为太子。仁寿四年(604年),太子杨广在杨素的辅助下即皇帝位。

但是,隋炀帝杨广的皇位并不稳固。汉王杨谅是摆在隋炀帝面前的一大威胁和挑战。汉王杨谅是隋文帝最小的儿子,在众王子中得到隋文帝的宠爱也最多,实力也最强。当杨广登基称帝时,首先想到的就是如何清除这个实力最强的弟弟。而汉王杨谅,也早已磨刀霍霍,准备造反。一场兄弟大战也由此拉开了序幕。

在中国古代历史上,为了争夺权力,兄弟相残、父子反目的事情比比皆是。唐朝历史上著名的"玄武门之变",就是大家耳熟能详的例子。而在隋炀帝杨广统治之初,也发生过这样一件兄弟相残的事情,让人不由得感慨帝王权力是如此不容挑战,又是如此冷酷无情,这是怎么回事呢?

仁寿四年(604)正月,就在隋文帝杨坚刚刚去世,隋炀帝刚刚接班,正在为举办登基大典忙活的时候,忽然传来一个可怕的消息:炀帝的五弟、并州总管汉王杨谅起兵造反了!这时,隋炀帝杨广任命杨素为并州道行军总管,平叛汉王杨谅叛军。

其中,宿卫军史祥挑选精兵从黄河下游偷偷渡河,两军相对,汉王杨谅大将军余公理的大军还没布好阵,史祥纵兵猛攻,大破公理军。之后,史祥率军东进黎阳,讨伐杨谅大将綦良等人。史祥大军摆好阵势等待,但还未交战,杨谅大将军綦良就弃军逃走了。于是,綦良的部下群龙无首,一时间溃不成军。

第五章　任人唯才，亲厚才学之士

这时，史祥趁机纵兵，杀了一万多人，获得大胜。汉王杨谅被擒，幽禁至死。

鉴于史祥的功绩，隋炀帝杨广任命史祥为上大将军，赐缣采七千段，女乐十人，良马二十匹，后转任太仆卿。不仅如此，隋炀帝杨广还赐诗一首，题名为《赐史祥》。下面，我们就一起欣赏一下隋炀帝杨广的这首佳作。

赐史祥

> 伯鳠朝继重，夏侯亲遇深。
> 贵耳唯闻古，贱目讵知今。
> 早飘劲草质，久有背淮心。
> 扫逆黎山外，振旅河之阴。
> 功已书王府，留情太仆箴。

其实，史祥在隋文帝杨坚执政时期，就已经展露出卓越的军事才能。隋文帝时，史祥以行军总管的身份，随晋王杨广在灵武进攻突厥，纵兵深入，最终大破敌军，深得文帝和晋王杨广的赏识，并因功迁右卫将军。仁寿中年（公元601~604年）史祥又领命率部屯扎弘化，以防备胡人。后来，隋炀帝杨广被立为太子，曾与史祥有书信往来。据《隋书》记载"将军总戎塞表，胡虏清尘，秣马休兵，犹事于猎，足使李广惭勇，魏尚愧能。冠彼二贤，独在吾子。昔余滥举推毂，治兵振皇灵于塞外，驱犬羊乎大漠。于时同行军旅，契阔戎旃，望龙城而冲冠，盼眴狼居而发愤，将军英图不世，猛气无前；但物不遂心，黾

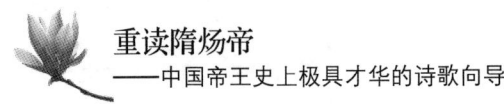

重读隋炀帝
——中国帝王史上极具才华的诗歌向导

勉从事。每一思及,我萦如何。将军宿心素志,早同胶漆,久而敬之,方成鱼水。……谬其入守神器,元良万国,身轻负重,何以克堪?所望故人匡其不逮……想望吾贤,疢如疾首。"

将军领兵在塞外,胡虏清尘。秣马厉兵,尚事打猎,足使李广惭愧于你的大勇,魏尚惭愧于你的大能。超过这两位贤人的,只有你了。往日我滥竽充数,得以领军,振皇位于塞外,驱犬羊于大漠。那时,我们同行于军旅之中,相聚于军旗之下。

我能有机会根据你的指挥,揣摩您的用意,实在是我的大幸!你于是把我们的感情比作雷、陈,把交往的事情比作刘、葛,这实在是圣人您委屈自己,并非庸人我想这么比。

这封书信的内容,可以说是完全摆脱了君臣的关系,而以最亲近的朋友相待,如说"宿心素志,早同胶漆";如说"所望故人匡其不逮";如说"想望吾贤,疢如疾首"等等,一点君臣之意味都没有,可知杨广对史祥视同心腹,拉拢之深,尽在字里行间了。但是他的内心如何,那就无法深究了。但不管怎样,隋炀帝对史祥是非常器重的。

史祥接到太子杨广的这封信,十分感动,这也是应有的反应,当然不能不给一封回信。他首先表示他接位以后,感激得无法以笔墨形容,这等于是"飞雪增冰之地,忽载三阳毳帐韦之乡";其次表示他"少不学军事",在朔方建功,威震海外,是"当时猛将如云、谋夫如雨……列于卒伍,预闻指踪之规,得免逗留之责",这是他的幸运;他也表示了对太子的依附之深,"川泽之大,污潦攸归,松柏之高,茑萝斯托,微心眷眷,孟侯所知"。由于杨广要他多所匡谏,他也很委转地说:"仰惟

第五章 任人唯才，亲厚才学之士

体元良之德，焕重离之晖，三善克修，万邦以正，斯固道高周诵，契叶商皓，岂在管蠡所能窥测。伏承监国多暇，养德怡神，咀嚼六经，逍遥百氏，追西园之爱客，眷南波之出游。畴昔之恩，无忘造次。……身在边区，情驰魏阙，每至清风夕起，明月孤照，想鸣葭之启路，思托乘于后车，塞表京华，山川悠远，瞻望浮云，伏增潜结。"

因此，当时太子杨广和史祥的关系已经非常亲密，而太子杨广对史祥的赏识也是不言而喻的。

诗作中，晋王杨广对史祥的赏识之情就跃然纸上。前两句"伯㫰朝继重，夏侯亲遇深。"简单直接地记述了史祥在隋炀帝杨广危难之际，承担重任，纵兵深入的情形。其中，"伯㫰"是指日光。

接着，隋炀帝杨广以谦卑的姿态来说明自己与史祥相比的浅陋。"贵耳唯闻古，贱目讵知今。"鄙人轻信传闻，以为自己博古通今，而目光短浅又岂能博古知今。其中，"贵耳"以耳食之言为贵，因此指轻信传闻；"贱目"意为目光短浅；"讵"是岂、难道的意思。

"早剽劲草质，久有背淮心。"进一步写出了隋炀帝对史祥的赏识和钦佩。其中"劲草"是指猛烈大风中强劲的草，比喻节操坚定，经得起考验。正所谓"疾风知劲草"就是此意。这两句写出了隋炀帝杨广对史祥赏识已久，早就想要与史祥一起建功立业。

"扫逆黎山外，振旅河之阴。"具体写出了隋炀帝初登大宝之时，杨谅叛乱，史祥挑选精兵偷偷渡河，纵兵猛攻，大破公

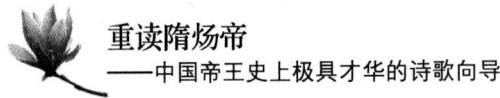

重读隋炀帝
——中国帝王史上极具才华的诗歌向导

理军,接着东进黎阳,讨伐綦良等人的战斗事迹。这两句强有力地赞扬了史祥的功绩和勇武能战,描绘出了一个有勇有谋的大将形象,堪称是国之栋梁。而且,从这两句中,我们也不难看出隋炀帝杨广对史祥的赞美之情。

"功已书王府,留情太仆箴。"进一步表彰了史祥的功绩,表明史祥的功绩必定能够彪炳史册,为后人称赞。其中"太仆箴"是汉赋四大家之一杨雄的著作。

由此诗歌观之,不难发现,初登大宝之时,隋炀帝求贤若渴的赤子之心,以及表彰功臣,渴望建功立业、建立大隋帝国的宏图大志。而且,从这首诗作中,我们也很难想象隋炀帝会与"千古一帝"擦肩而过,以至于最后落得国破家亡的下场。

史祥战功卓著,大破叛军之后,任上大将军,得到了隋炀帝杨广丰厚的赏赐。当时,突厥的启民可汗请求朝拜炀帝,炀帝让史祥去迎接他。诚然,史祥也幸不辱命,完美地完成了任务。后来,跟随炀帝杨广征讨吐谷浑,史祥率部从小路袭击贼人,打败了他们,俘虏男女一千多人。炀帝赐他奴婢六十人,马三百匹,升任左光禄大夫,拜授左骁卫将军。

这一切都显示了隋炀帝对功臣能将的器重和赏识,显示了一个有为之君希望开疆扩土、成就一番伟业的雄心抱负。然而,历史往往出人意料,不按常理出牌,隋炀帝杨广到底没有逃脱亡国的命运。

第五章 任人唯才，亲厚才学之士

彝伦欣有叙，垂拱事端居

隋炀帝杨广在即位之初，满怀抱负，赏罚分明，对有才有识之士都礼遇有加，颇为器重和赏识。而且，作为一位极具诗歌才华的帝王，他对有功有才之士还多有赐诗。其中，北周旧臣牛弘就是其中一位，并且是为隋炀帝杨广信任的北周旧臣之一。

牛弘尚在襁褓之中时，有相面的见了他，对他父亲说："这个小孩日后当会富贵，好好养他。"他长大后，长满胡须，容貌魁伟，生性宽容，好学博闻。

在北周时，牛弘开始任中外府记室、内史上士。不久转任纳言上士，专管文牍，很有美名。后升任威烈将军、员外散骑侍郎，修《起居注》，后来袭封临泾公。宣政元年（公元578年），牛弘转任内史下大夫，升任使持节、大将军、仪同三司。

后来，隋文帝杨坚建立隋朝，开皇初年，牛弘升任散骑常侍、秘书监。这时，牛弘为文献典籍的保存和规范做出了突出的贡献。当时，牛弘因文献典籍佚失，上表朝廷，请求开民间

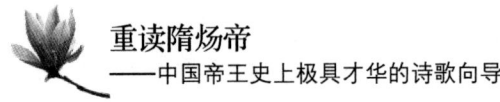

重读隋炀帝
——中国帝王史上极具才华的诗歌向导

献书之路。隋文帝杨坚采纳了他的意见,于是下诏,献书一卷,赏缣一匹。因此,一二年间,文献稍稍齐备。由此,牛弘晋爵为奇章郡公,食邑一千五百户。

开皇三年(583年),隋文帝杨坚授牛弘为礼部尚书,奉命修撰《五礼》,后写成百卷,通行于当代。开皇六年(586年),牛弘被任命为太常卿。

开皇九年(589年),隋文帝杨坚下诏改定雅乐,又作乐府歌词,撰定圆丘五帝凯乐,并议音乐之事。牛弘提出建议,请求十一月以黄钟为宫,十三月以太簇为宫,隋文帝杨坚说:"不必作旋相为宫。暂且作黄钟一均。"牛弘又呈上建议,请求正定新乐。

隋文帝杨坚认为他的建议很好,下诏牛弘,让他与姚察、许善心、何妥、虞世基等人一起,正定新乐,这事记载在《音律志》里头。因此,隋文帝杨坚对牛弘是非常器重和赏识的。对于牛弘的建议,隋文帝杨坚大多会仔细斟酌,最终被采纳。也正是因为这样,牛弘在朝堂之上也得到大臣们的一致敬重。即使是当时才气和富贵不可一世的杨素,看见了牛弘,也无不肃然起敬。

后来,牛弘被隋文帝杨坚授大将军、礼部尚书。而且,隋炀帝杨坚还令牛弘和杨素、苏威、薛道衡、许善心、虞世基、崔子发等人一起,召集各位儒生,讨论新法中杀人刑法的轻重。其中,牛弘所提出的见解,众人都很佩服。

同时,下诏确定服丧之礼,也是从牛弘开始的。

仁寿二年(602年)独孤皇后病逝于永安宫。对于垂暮之

第五章 任人唯才，亲厚才学之士

年的隋文帝来说，失去爱侣和精神支柱，悲痛不已，后来他为独孤皇后上谥号为献皇后。但是，自三公以下的大臣都不能决定安葬皇后的礼仪。

杨素对牛弘说："您是老学者，时人都很仰慕，今天的事，就要请您决定了。"牛弘也一点不推让，一会儿，仪礼都安排好了，而且都有根有据。

杨素感叹道："士族的礼乐制度都在牛公这里了，这不是我们所能赶得上的呀！"牛弘因为三年的守丧期，大祥、小祥祭礼的举行在时间和规格上都有所缩减，服丧十一个月便举行小祥之祭，无前例可循，把这告诉隋文帝后，文帝采纳了他的意见。

而且，牛弘在吏部选举人才时，先看德行，后看文才，务在审慎。虽然选人稍缓，但他所进用的人，大多称职。因此，人们都十分佩服牛弘见识的远大。

对此，身为太子的杨广也是敬佩不已。而且，隋炀帝为东宫太子时，几次给牛弘赠送诗书，牛弘也有诗书回答。

仁寿四年（604年），太子杨广即位，是为隋炀帝。登上帝位之后，隋炀帝开始迅速培植、扩大自己的势力，实施自己的抱负，对有才有功之士多有嘉奖和赏识。其中，与隋炀帝素有诗书往来的牛弘自然备受隋炀帝杨广的垂青。隋炀帝即位后，曾赐牛弘诗作一首，题名为《赐牛弘》。虽然，被赐诗的不仅牛弘一人，但据记载，"其同被赐诗者，至於文辞赞美，无如弘美。"

下面，我们就一起看一看隋炀帝杨广赐予牛弘的这首诗作。

重读隋炀帝
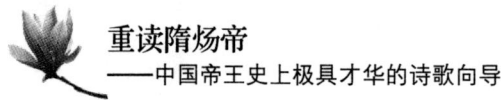
——中国帝王史上极具才华的诗歌向导

赐牛弘

晋家山吏部，魏代卢尚书。
莫言先哲异，奇才并佐予。
学行敦时俗，道素乃冲虚。
纳言云阁上，礼仪皇运初。
彝伦欣有叙，垂拱事端居。

前两句"晋家山吏部，魏代卢尚书。"以"山吏部"和"卢尚书"为借称，实则是表达牛弘身为吏部尚书的时候，善于举荐人才，选拔官吏，为大隋帝国作出了突出的贡献。其中，晋山涛为吏部尚书，竹林七贤之一，善于甄拔人才，故后以"山吏部"借称善于甄拔人才之官员。"卢尚书"是指卢毓，是三国演义里卢植的儿子。这两个人和牛弘一样，都当过吏部尚书，并且都善于推荐和选拔人才。从这两句中，表达了隋炀帝杨广对牛弘任职吏部尚书的肯定和赞赏，流露出对牛弘的钦佩之情。可见，隋炀帝杨广即位之初是一位明理灼见的帝王，对有才之士颇为赏识和敬重，体现出了隋炀帝杨广治国理政的雄心抱负。

接着，"莫言先哲异，奇才并佐予。"拿牛弘和先哲相比较，在隋炀帝杨广看来，牛弘堪比先哲，是一位奇才能臣，能够辅佐自己成就一番伟业。

"学行敦时俗，道素乃冲虚。"具体描述了牛弘的可敬可佩、可圈可点之处。牛弘在时俗礼仪上，定制典范，是一把标尺，而在为人德行上纯朴恬淡，是为人处世的榜样。据记载，大业

第五章 任人唯才，亲厚才学之士

年间，牛弘荣宠备至，但他的车子、服饰都很一般，对上尽礼，对下尽仁，讷于言而敏于行。其中"敦"是治理兼熟悉、丰富的意思。"道素"是指纯朴的德行，"冲虚"是指恬淡虚静。

"纳言云阁上，礼仪皇运初。"接着描述牛弘的才德，指出牛弘为官之时，忠言纳谏，有制定礼仪典范的功绩。其中"云阁"是指云台，图画功臣名将之画像以示纪功的楼阁。牛弘在隋朝建国之初礼仪规范的制定方面发挥了举足轻重的作用，士族的礼乐制度以及丧葬制定都在牛弘这里得到规范和完善，可以说牛弘的礼仪规范开启了隋朝的盛世年华。显然，这是对牛弘的极大的肯定和赞美。从这里也可以看出，牛弘的突出功绩以及隋文帝杨坚和隋炀帝杨广对牛弘的器重和赏识。

最后两句，更是表达了隋炀帝杨广对牛弘的敬佩和赞美。"彝伦欣有叙，垂拱事端居。"指出牛弘的礼仪规范、做人品德使得社会井然有序，使得整个国家可以垂拱而治，使得人们轻轻松松就过上安稳舒适的生活。

其中"彝伦"是指伦常，常理，常道。商周之际，周武王与纣王的叔父箕子皆讲"彝伦"，注重对社会秩序的构建。然而，构建社会秩序必须得到社会各阶层多数人的认可，据《尚书·洪范》，此即"彝伦攸叙"，反之则是"彝伦攸斁"。

而"垂拱"是指垂衣拱手，形容毫不费力，比喻统治者不做什么就可以使天下太平，多用作称颂帝王无为而治。"端居"是指平常居住，"端"是不歪斜，"居"是住所或是生活处境。整体上来说，"端居"就是安稳舒适的生活。

纵观全诗，隋炀帝杨广对牛弘的评价是极高的。而且，字

重读隋炀帝
——中国帝王史上极具才华的诗歌向导

里行间也流露出来隋炀帝杨广对牛弘的器重以及嘉奖。大业年间，隋炀帝杨广对牛弘尤为亲厚。

大业二年（606年），牛弘升任上大将军。大业三年（607年），牛弘改任右光禄大夫。后随同隋炀帝杨广拜谒恒岳，坛场珪币、埋畤牲牢，都由牛弘决定。后下太行山，隋炀帝还曾把牛弘引到内帐里，赐他与皇后一起同桌饮食。可以说，牛弘所受的礼遇已经到了无以复加的程度。

由此，牛弘曾对他的儿子们说："我受到了非常的待遇，承受大恩。你们这些子孙，应以诚实、敬职自立，以报答朝廷的大恩。"

大业六年（610年），牛弘随同隋炀帝巡幸江都，这年十一月，在江都郡去世，时年六十六岁。对此，炀帝伤悼痛惜不已，赠予甚多，并准牛弘归葬安定，追赠他为开府仪同三司、光禄大夫、文安侯，谥号叫"宪"。

至此，我们不得不说，隋炀帝杨广是一个爱才、惜才、重才的帝王。

第五章　任人唯才，亲厚才学之士

实录资平允，传芳导後昆

在隋炀帝杨广的赐诗中，亦有给予诸葛颖的一首，题名为《赐诸葛颖》。和史祥、牛弘一样，诸葛颖也是一位有才有识之士，颇得隋炀帝杨广的赏识和器重。

诸葛颖为隋代文学家，生于梁武帝大同二年，丹阳建康人。八岁的时候，诸葛颖就很有文采，善于写文章。梁武帝时期，诸葛颖起家梁邵陵王参军事，后来转为记室。梁武帝太清二年（584年）八月，侯景乱梁，仅仅七个月就攻破台城，长驱直入，横渡长江，一举摧毁萧梁政权。于是，诸葛颖去往北齐，待诏文林馆，历太学博士、太子舍人。后来，又遭遇变故，时运不济，于是诸葛颖下定决心关闭门户十余年，不与外人接触，这十余年间，诸葛颖研习《周易》、图纬、《仓》、《雅》、《庄》、《老》，颇得其要。而且，清辨有俊才。

开皇十年（590年），晋王杨广被任命为扬州总管，一待就是十年。在这期间，晋王杨广听闻南方文士诸葛颖的才名，引为参军事，后转为记室。开皇二十年（600年），晋王杨广被立

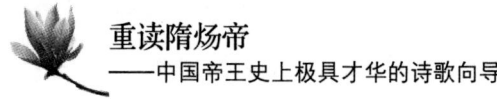

重读隋炀帝
——中国帝王史上极具才华的诗歌向导

为皇太子,任命诸葛颖为药藏监(从隋代开始专门为太子设立的保健机构)。仁寿四年(604年),隋文帝杨坚病危,皇太子杨广继位。隋炀帝杨广继位后,诸葛颖被任命为著作郎,炀帝待之甚为亲厚。而且,诸葛颖被恩准可以出入炀帝的内室,隋炀帝杨广还常常赐之以曲宴,在曲宴之时,还恩准诸葛颖可与皇后和诸嫔妃连席共榻。

可见,隋炀帝杨广对诸葛颖是非常亲厚的。然而,也正是因为这样,诸葛颖也常常受到其他同僚的逸言毁谤,当时人们称其为"冶葛"。"冶葛"即野葛,是一种毒草的名字。不过,这些毁谤之词并没有影响诸葛颖在隋炀帝杨广心中的形象,恩宠依旧。后来,诸葛颖又被任命为朝散大夫。可见,隋炀帝杨广对诸葛颖是比较赏识和肯定的。

大业五年(609年)三月,隋炀帝杨广陈兵讲武,率文武百官、嫔妃侍从亲征吐谷浑,诸葛颖亦随军出征,任命为正议大夫。后又从驾北巡,不幸卒于道上,时年七十七岁。

纵观诸葛颖的一生,他历经梁、北齐、隋三朝,一生辗转,不乏困顿,但是其文采、学识并没有因此而湮没。尤其是入隋以后,其文采、学识得到了隋炀帝杨广的大力赏识,获得了极大的发展。入隋后,诸葛颖著有《銮驾北巡记》、《幸江都道里记》等书。

同时,诸葛颖是隋炀帝杨广的御用文人,一定程度上也是促进隋炀帝杨广走上宫体诗道路的前辈诗人之一。据《隋书·文学传》之诸葛颖部分,隋炀帝杨广曾赐给他一首诗,题名为《赐诸葛颖》。其中有"英华悠讨论"、"传芳导后昆"等嘉勉

第五章　任人唯才，亲厚才学之士

之句。

或许也正是因为这样，隋王朝的宫廷里文学空气甚浓，这一点也深刻地影响了稍后兴起的大唐王朝，预示诗国高潮行将到来。

下面，我们就一起赏读一下隋炀帝杨广的这首诗作。

赐诸葛颖

参翰长洲苑，侍讲肃成门。

名理穷研核，英华恣讨论。

实录资平允，传芳导后昆。

作为一首赐诗，隋炀帝杨广的这首诗作流露出对诸葛颖的极大的赞美和肯定。

诗作的前两句"参翰长洲苑，侍讲肃成门。"开门点出隋炀帝杨广与诸葛颖的亲密关系，诸葛颖随炀帝一起游猎，在炀帝身旁侍讲。其中"长洲"是苏州的古称和别称，因长洲苑和长洲县而得名。"长洲苑"是春秋时吴王阖闾的游猎之处。

接着"名理穷研核，英华恣讨论。"描写了诸葛颖做学问的态度以及善于辩论、无拘无束的文采。其中，"研核"即审查考查，研究考核；"英华"原指美好的花木，后指优异的人或物；"恣"是放纵没有拘束的意思。

最后"实录资平允，传芳导后昆。"隋炀帝杨广给予了诸葛颖极高的评价，诸葛颖平时做事为人公平允当，必将流芳百世，厚泽子孙。其中"平允"是公平允当的意思，"后昆"是指后

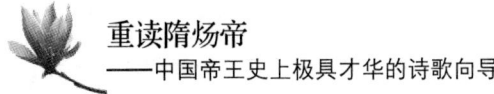

重读隋炀帝
——中国帝王史上极具才华的诗歌向导

嗣、子孙。从这几句,我们不难发现,隋炀帝杨广对诸葛颖非常器重和赏识,对诸葛颖的评价之高,实在是无与伦比。也正是因为这样,隋炀帝杨广平时对诸葛颖善待有加。据记载,"炀帝即位,迁著作郎,甚见亲幸。出入卧内,帝每赐之曲宴,辄与皇后嫔御连席共榻。颖因间隙,多所谮毁,是以时人谓之'冶葛'"。可见,隋炀帝杨广对才学之士是极为看重的。

同时,从另一个侧面,也反映了隋炀帝杨广深受江左文化的影响,对江南人士的赏识和器重。从这首诗作中,我们就可以窥见一斑。

隋炀帝杨广受江左文化影响深刻,与南方文士交往甚密。这一点在炀帝身为晋王时就已经显现出来。在平陈之际,晋王杨广就注意保存江左文化。攻入建康城后,晋王杨广命令高颖与元帅府记室裴矩收陈朝所藏图书籍,封府库,资财一无所取,时人皆称杨广贤明。不仅如此,晋王杨广十分注重与江南文士的关系,积极地与江南氏族亲近。加上晋王杨广本身就是一位热爱诗歌的伟大诗人,对南方诗歌颇有好感。

也正是因为这样,晋王杨广以皇子身份积极亲近江南文士,继位后又以帝王之尊大力亲近江南文士。据记载,隋炀帝杨广为晋王时就在藩邸开馆网罗文士,且有记载"王好文雅,招引才学之士,诸葛颖、虞世南、王胄等百余人以充学士"。虽然这百余人未必尽是南士,但是其时杨广既在江都,学士中的代表人物又都出自南方,则其中南士的比例是相当高的。

隋代文坛上的活跃分子许善心、虞世基、虞世南、王胄本来都是梁陈文坛上的名流,陈亡入隋。此外还有诸葛颖等,围

第五章 任人唯才，亲厚才学之士

绕着杨广形成一个颇具特色的文学群体。有人甚至认为他们构成了一个强大的江南文化集团。可见，晋王杨广在镇守扬州期间，为了平陈所做军事和文化上的准备，对南方文士的态度是非常积极的，对南北文化的交融起着十分重要的影响。

其时，对于南方文士的态度就是对南方文化的态度，南方文士是南方文化的载体和代表，如何对待和处置他们，事实上就是如何对待南方文化。平陈之后，南方初定，如何加强对南方的统治和管理是非常重要的，这一点身为晋王的杨广是非常清楚的。他清楚，南方文士在统一的隋王朝中占据着怎样的位置，因此，在杨素血腥镇压的同时，晋王杨广积极亲近南士，加强与南方文士的交流和沟通。这一点，隋炀帝杨广继位之后也没有忘记，始终与南方文士保持亲密联系，注重对南方的文化引导和政治控制。即位之初，炀帝以雄壮宏大的场面巡幸江南也有这方面的因素考虑。当然在这个问题上，最终的结果并不一定完全由王朝的意志来决定，但是王朝的意志反映着另一种文化态度时，它带来的影响就不容忽视了。

可见，隋炀帝杨广对南方文士的亲近、赏识和器重，不仅仅是由于其文采、学识和能力，能够为己所用，更重要的是这其中有着深刻的政治意味和文化意味。显然，这是一位伟大诗人的表现，更是一位代伟大帝王的表现。

第六章　尚武猛进，开疆扩土壮豪情

　　隋炀帝杨广出身关陇军事豪族，生母是出自拓跋鲜卑族的独孤氏，血缘中有尚武豪侠的鲜卑族因素，又受诸胡族粗犷、好勇风气影响，成长于"词义贞刚，重乎气质"的河朔文化环境中，便促成了他尚武豪侠、慷慨意气、关陇军事豪族文化性格。所以，隋炀帝是一个"马背上的诗人"。在出巡和征战途中，他留下了很多气势磅礴的边塞军旅诗，显示了其身为帝王的雄心和霸气。而且，其诗风刚健豪迈，慷慨朴实，对改变南北朝以来那种颓废低靡的诗风，开启唐朝典正雅致之风有重要作用。

第六章 尚武猛进,开疆扩土壮豪情

舟楫行有寄,庶此王化昌

仁寿四年(604年),晋王杨广登上皇帝宝座,是为隋炀帝。同年十一月,隋炀帝驾幸洛阳(指汉、魏、晋、北魏之洛阳城),下诏曰:"洛邑自古之都,王畿之内,天地之所合,阴阳之所和。控以三河,固以四塞,水陆通,贡赋等。故汉祖曰:吾行天下多矣,唯见洛阳","今可于伊洛营建东京,随即设官分职,以为民极也。"

因为原来的洛阳城已经破败,不堪为都,故隋炀帝决定另选新址建城。有关古文献记载说,隋炀帝站在北邙山上,向南遥望伊阙,但见两山对峙,伊水中流,气象非凡,遂说道:"此非龙门耶,自古何故不建都于此?"大臣苏威答道:"自古非不知,以俟陛下。"

至次年(605年)春,隋炀帝改元"大业",立妃萧氏为皇后,改洛州为豫州,立其子晋王杨昭为太子,其子豫章王杨暕为豫州牧,以杨素为尚书令。

三月,隋炀帝杨广诏尚书令杨素、纳言杨达、将作大匠宇

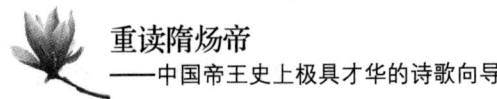

重读隋炀帝
——中国帝王史上极具才华的诗歌向导

文恺营建东京。每月役使丁男二百万人。将近一年,至大业二年(606年)春正月完工,洛阳空前繁荣,成为当时的政治、经济中心。当年夏四月,隋炀帝自江都返达洛阳,过伊阙(即龙门),据记载"陈法驾,备千乘万骑,入于东京"。大业五年(609年)春,改东京为东都。至此,隋炀帝定都洛阳计十四年。

新修的东都洛阳,"自故洛城西移十八里",位置在今洛阳城区及近郊。该城规模宏大,"周围六十九里三百二十步",洛水横贯城中。由宫城、皇城、郭城构成,正南门分别为则天门、端门、建国门;宫城在郭城西北隅,皇城围绕在宫城东、南、西三面。皇城西垣有两门,靠南一座叫丽景门,此为"丽景门"称谓之始。正殿为乾阳殿,"殿三十间,二十九架,阔九丈,从地至鸱尾二百七十尺。有三阶轩,其柱大二十四围"。乾阳殿高度比今日尚存的明清太和殿、祈年殿都要高出很多,其体量规模之大令人惊叹,是中国古代规模最华丽的宫城正殿之一。后来,隋末秦王李世民攻克洛阳后,因为看到其宫殿过于奢侈,而"焚东都紫微宫乾阳殿"。

不过,当时乾阳殿对于隋炀帝而言是极为珍视的。时至冬至,看到规模宏大华丽的乾阳殿,隋炀帝曾留诗一首,名曰《冬至乾阳殿受朝诗》。

且看其诗作:

冬至乾阳殿受朝诗

北陆玄冬盛,南至晷漏长。

第六章 尚武猛进,开疆扩土壮豪情

端拱朝万国,守文继百王。
至德惭日用,治道愧时康。
新邑建嵩岳,双阙临洛阳。
圭景正八表,道路均四方。
碧空霜华净,朱庭皎日光。
缨佩既济济,钟鼓何煌煌。
文戟翊高殿,采眊分修廊。
元首乏明哲,股肱贵惟良。
舟楫行有寄,庶此王化昌。

冬至曾是春节前最大的节日。古人认为,冬至是阳长阴衰的转折点,过了这一天,白天就开始一天天变长了,因而标志着阳气初动的冬至是个好日子,并由此形成了一个传统节庆。古代的帝王在这一天,除了祭天,还要接受朝臣的朝贺。隋炀帝杨广所作的《冬至乾阳殿受朝诗》,就是记录了他冬日接受朝贺的情景。

《冬至乾阳殿受朝诗》虽然是一首朝贺诗,但是字里行间却是属于边塞军旅诗的内容,具有很高的文学成就。在《隋书·文学传序》中,魏徵在论及隋炀帝杨广诗文时,也十分佩服地说道:"其《与越公书》、《建东都诏》、《冬至受朝诗》及《饮马长城窟》,并存雅体,归于典制。虽意在骄淫,而词无浮荡。"成王败寇,作为亡国之君,魏徵能有如此评价,可见隋炀帝杨广的诗文确实是可圈可点,有一定造诣的。

其中《冬至受朝诗》即为《冬至乾阳殿受朝诗》,就属于此

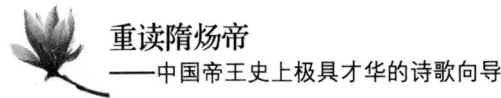

重读隋炀帝
——中国帝王史上极具才华的诗歌向导

类作品,诗作中包含着强烈的政治情怀。首两句"北陆玄冬盛,南至晷漏长"标明了时间及其特征,为冬至时节,从冬至这一天开始,白昼便一天天的长了。其中,"北陆"代称冬天,"晷漏"为古时测时的仪器,"南至"是指太阳走到最南面,即冬至日。

次句"端拱朝万国,守文继百王。"非常有气势,描述了冬至时节寄希望朝圣的盛大场面。从此诗句中,我们不难看出隋炀帝作为一代帝王,即位之初,想要扫除边患,建立天朝之国受万国朝圣的雄心壮志。

同时,诗作中"碧空霜华净,朱庭皎日光。缨佩既济济,钟鼓何煌煌。文戟翊高殿,采眊分修廊。"极力描绘了乾阳殿的高贵华丽及其朝贺的场面。在碧空之下,霜的光气干净爽利,宫廷之中,明亮洁白得堪比日光。此时朝圣的官员们济济一堂,钟鼓音乐不绝于耳。这样的场景充满祥和欢快的气氛,显示出大隋帝国的盛世之景。

最后几句"元首乏明哲,股肱贵惟良。舟楫行有寄,庶此王化昌。"由乾阳殿朝贺抒发感慨,表明心志,透露出了隋炀帝杨广要依靠肱骨重臣,用有才有识之士来使自己的王化昌于四海。

从另一歌侧面来看,我们也能够发现,实际上隋炀帝营建东都并非全是为了个人享乐,即位之初,隋炀帝有远大的理想和抱负,此时他更多的是根据当时的政治军事形势、经济状况所决定的,是为了巩固其统治所作的一项工作。

因此,隋炀帝杨广的这首《冬至乾阳殿受朝诗》虽是朝贺

第六章 尚武猛进，开疆扩土壮豪情

诗所感，但是字里行间却满是边塞军旅诗的豪情和壮志。也正是因为这样，人们常把此诗归为边塞诗。

同时，隋朝大臣牛弘对于隋炀帝杨广的诗作《冬至乾阳殿受朝诗》曾有和诗一首，题名为《奉和冬至乾阳殿受朝应诏诗》。下面，我们不妨赏读一下，以作比较印证。

奉和冬至乾阳殿受朝应诏诗

恭已临万寓，宸居御八埏。
作贡菁茅集，来朝圭瓒连。
司仪三揖盛，掌礼九宾虔。
重栏映如璧，复殿绕非烟。

牛弘的《奉和冬至乾阳殿受朝应诏诗》描写的诗句亦是气势雄浑，读来令人浑身抖擞，不禁斗志满怀。在诗作的字里行间流露出了诗人对乾阳殿的赞美，以及对大隋帝国的骄傲、未来发展的信心。

还有隋朝散骑常侍许善心对隋炀帝杨广的《冬至乾阳殿受朝诗》也有和诗一首，题名为《奉和冬至乾阳殿受朝应诏诗》。

奉和冬至乾阳殿受朝应诏诗

森森罗陛卫，哕哕锵璁珩。
礼殚五瑞辑，乐阕九功成。

这些诗人毕竟不是帝王，在诗作中难以表达出隋炀帝杨广

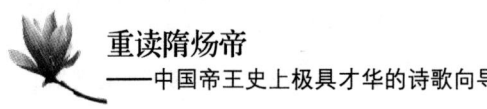

重读隋炀帝
——中国帝王史上极具才华的诗歌向导

那样的渴望人才施展抱负的雄心壮志。正如曹操的"青青子衿，悠悠我心。"可见，对于即位之初的隋炀帝杨广来说，大气象、大手笔、大疆域是其一生的目标，希望大隋帝国能在自己的手中，书写下辉煌的篇章，使得四海归一，施王道于天下。

第六章 尚武猛进，开疆扩土壮豪情

断涛还共合，连浪或时分

"海上生明月，天涯共此时。"当人们看到大海，往往会不由自主地想到这句描写大海的诗句。这是唐代著名诗人张九龄作品中的佳句，在时光的流逝中，它始终散发着耀人的光辉。但是，描写大海的诗句绝不止于此。大海，历来是文人骚客歌咏兴叹的对象，面对辽阔无边的大海，人们往往止不住才思泉涌。尤其是在遭遇挫败、受到打击之后，看到大海，往往能够一抒胸怀。

其中，隋炀帝杨广就写有描写大海的诗句，写景抒怀堪称佳作。大业八年（612年），隋炀帝杨广第一次征辽东回返途中，曾在这里"见二大鸟，高丈余，皓身朱足，游泳自若"，便"命工画图，并立铭颂"。其实，这就是我们熟知却不太常见的"碣石"。碣石，在今辽宁绥中万家镇的渤海边。考古发现它由"石碑地遗址群"等组成，总面积四十多万平方米。秦始皇北巡立石刻铭的"碣石宫"在"石碑地遗址"南部，为一高六米的大夯土台。

重读隋炀帝
——中国帝王史上极具才华的诗歌向导

关于"碣石",想必大家都会想到三国时曹操的《观沧海》。诗中曾写道"东临碣石,以观沧海。水何澹澹,山岛竦峙。树木丛生,百草丰茂。秋风萧瑟,洪波涌起。日月之行,若出其中。星汉灿烂,若出其里。幸甚至哉,歌以咏志。"

此诗,隋炀帝杨广也看到"碣石"、"沧海",加上第一次征辽以失败而告终,遂作诗一首,以表达心志。题名为《望海诗》。贞观十九年(645年),隋炀帝唯一存世的孙子杨师道随唐太宗东征,在碣石奉和作《春日望海诗》。他在诗中暗示,他的祖父隋炀帝杨广是继秦始皇、汉武帝之后到过碣石的又一位皇帝。

且看其诗作:

望 海

碧海虽欣瞩,金台空有闻。
远水翻如岸,遥山倒似云。
断涛还共合,连浪或时分。
驯鸥旧可狎,卉木足为群。
方知小姑射,谁复语临汾。

《望海》诗作于炀帝继位之后,第一次征辽回返途中。此诗展现了东北沿海的边塞景象。诗歌写得气势雄壮,令人击节。细细玩味,字里行间,诗人想象雄奇,诗的场景壮观,自然景观的勃勃生机与帝王的雄放气概互相映发,使诗篇充塞着一股雄奇与勃发之美。

第六章 尚武猛进，开疆扩土壮豪情

而且，此诗是写初临海边观赏大海的惊奇和欣喜，写得很有气势，尤其是表现观海所见的四句，所摹之景极为壮丽。"远水翻如岸，遥山倒似云。断涛还共和，连浪或时分。"这几句诗描绘了大海涛翻浪涌，激荡撞击的壮观情状：远处的海水波涛翻腾如筑起一道道高岸，倒映水中的海岛随波涛翻涌犹似飞动的云彩；波涛起起落落，似断截，又似合拢，巨浪连成一片冲击而来，又分流而去。前两句以高岸形容浪涛之高，逼真、传神。对此，明代文学家杨慎曾说："海滨之人曰：'远望海水，似高于地，有如岸焉。'盖水气也。炀帝《望海》诗曰：'远水翻如岸，遥山倒似云。'"所以，"远水"以下四句，描写大海波涛翻滚，形象逼真，动感极强，把大海的情状描绘的恰如其分。

"驯鸥旧可狎，卉木足为群。方知小姑射，谁复语临汾。"其中，"狎"是指一种亲昵的状态；"姑射"是山名，在山西临汾县以西。这几句在描摹物像及感受之时，其实流露出一种对比之态，尤其是"方知小姑射，谁复语临汾。"一句，隐含了隋炀帝杨广对征辽失败的释怀，以及对再次征辽的信心和豪迈。

同时，对于隋炀帝杨广的《望海》诗，隋代著名文学家虞世基曾和诗一首，题名为《奉和望海诗》。下面，我们就来一起看一下。

奉和望海诗

清跸临溟涨，巨海望滔滔。
十洲云雾远，三山波浪高。

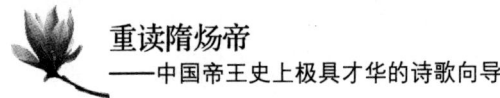

重读隋炀帝
——中国帝王史上极具才华的诗歌向导

> 长澜疑浴日,连岛类奔涛。
> 神游藐姑射,睿藻冠风骚。
> 徒然虽观海,何以效涓毫。

虞世基的《奉和望海诗》描写大海的诗句也十分到位。首句描绘了隋炀帝杨广临海观望的情状。"清跸"是帝王出行时开路清道,禁止通行;"溟涨"泛指大海。其中"十洲云雾远,三山波浪高。长澜疑浴日,连岛类奔涛。"具体描绘了大海的情状,写出大海的高远气势。但与隋炀帝杨广《望海》诗中的相比较,还是略逊一筹。虽然同样写出了阔大、高远、奔腾的气势,但是隋炀帝的诗篇中更加富有动感,远近对照、动静结合,使大海更加富有生机和活力。显然,这不是虞世基作品中能够看到的。

诗作的最后两句"神游藐姑射,睿藻冠风骚。徒然虽观海,何以效涓毫。"也印证了隋炀帝杨广《望海》诗中的末句,虽或有阿谀之嫌,但却有异曲同工之妙。

因此,隋炀帝杨广在描写物像的时候有更加精准的把握,有更加辽阔和较好的艺术感。这也说明了杨广作为一个优秀的诗人是当之无愧的。

第六章　尚武猛进，开疆扩土壮豪情

委输百谷归，朝宗万川溢

作为一代帝王，隋炀帝杨广对自己的文学也相当自负，"(炀)帝自负才学，每骄天下之士，尝谓侍臣曰：'天下皆谓朕承藉绪余而有四海，设令朕与士大夫高选，亦当为天子矣。'"正是这种君临天下的帝王之尊以及文学上的自负心理使他写了许多充满帝王霸气的壮丽诗篇。而这些诗篇显现出的把握心象物象之锐感及其遣词命意之功力，绝非同时代人可比。

而且，隋炀帝杨广所存的文学作品，与同时代的人相比也是最多的。后世对隋炀帝杨广的文学成就的评价虽然碍于政治上的成见，但也不能不承认其文学创作之高迈。其中，尤为人称道的是包含着隋炀帝政治情怀的诗作。其中，《望海》诗、《季秋望海诗》等都属于此类作品。

与《望海》诗一样，隋炀帝杨广的《季秋望海诗》也是作于第一次征辽回返途中。大业八年（612年）正月率数万之众大举征辽。然时不我与，大业八年（612年）七月，高丽兵发起总攻击，隋军大败。据《资治通鉴》记载，隋军一日一夜后

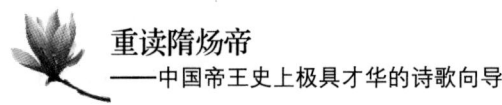

重读隋炀帝
——中国帝王史上极具才华的诗歌向导

撤四百五十里,逃到鸭绿水才站住脚。当初度辽水的九军三十万五千兵,这时回到辽东城的仅有二千七百人,装备也损失殆尽。

这时,隋炀帝杨广怒不可遏,决定回师京都。大年八年(612年)九月,在返回途中,隋炀帝杨广看到波涛翻滚的大海,心中顿时释怀,留诗一首,题名为《季秋观海诗》。

季秋观海诗

孟轲叙游圣,枚乘说愈疾。
邈听乃前闻,临深验兹日。
浮天迥无岸,含灵固非一。
委输百谷归,朝宗万川溢。
分城碧雾晴,连洲彩云密。
欣同夫子观,深愧玄虚笔。

诗言志的主题,是中国古代诗学传统的"正朔"。《季秋观海诗》就是隋炀帝杨广的一首以诗歌抒发心志的作品。"委输百谷归,朝宗万川溢",此诗用万川朝宗象征人心归己,表达一统天下、令万民仰止的雄心壮志。这不能不令人想到魏武帝曹操征乌桓时所作的《观沧海》,他们都用观海的题材,表现统一天下、四夷归附的雄心和帝王气魄。这是其他文人难以模拟的,字里行间显示出身为帝王的霸气和豪情。

作为一代帝王,这首诗描写的场面阔大,格调苍劲高古,气势雄浑,充分展示了他开阔的胸襟和霸王之气,使他的诗歌

第六章　尚武猛进，开疆扩土壮豪情

具有了帝王的霸气。即使是在第一次征辽失意的情况下，看到高远阔大的大海，仍然满怀壮志，对征辽充满信心。

其实，中国历史上的皇帝，能作诗的很多。汉代开国皇帝刘邦就有颇为有名的《大风歌》，后来的汉武帝刘彻，也写过《秋风歌》、《天马歌》等。清朝的乾隆皇帝，论作诗的数量，就连诗史上作诗最多的陆游，也不能与之相比。但这些作诗的皇帝，无论是偶尔为之的刘邦，还是作诗繁多的乾隆，都只能算是彻头彻尾的皇帝，其心态和思维方式，与诗人都聊不相干。

是皇帝，但又有些轻重不一的诗人气质，这样的可算作诗人的皇帝屈指可数。三国时曹魏的文帝曹丕、武帝曹操，南北朝时南朝梁简文帝萧纲，五代十国的南唐中主李璟和后主李煜，都是。此外，还有隋文帝杨广，他足可称之为诗人皇帝或皇帝诗人。

隋炀帝杨广的这首《季秋望海诗》是一首充满帝王豪情的边塞诗作。不仅有帝王之霸气豪情，同时从艺术角度上又有很高的造诣。与南方边塞诗作相比，隋炀帝的诗作包含有一种浩大的气魄，表现出一代英主雄姿勃发、宏阔壮丽的气概，体现了一种新生的、勃发向上的、慷慨激昂的气息。

不仅如此，隋炀帝杨广的诗作以亲身的征伐经历作为基础，具有一定的现实基础而很好地避免了边塞诗中的矫揉造作之感。因此，隋炀帝杨广的《季秋望海诗》并非"为赋新词强欢颜"，而是看到大海的雄壮，借此来表达自己的政治理想和诉求。

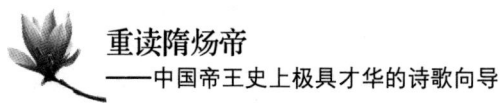

重读隋炀帝
——中国帝王史上极具才华的诗歌向导

千乘万骑动,饮马长城窟

隋代虽短,但是修筑长城的次数却多达七次。隋初,面对突厥南下的威胁,隋文帝杨坚五次修筑长城。其中,据《隋书·突厥传》记载,开皇十九年(599年),"在夏、胜二州之间,发徒掘堑数百里,东西讵河。"即在河套以内完成一道城堑结合的防线。

到隋炀帝杨广即位后,北方边塞虽然获得了安宁,但他仍然征发百万民夫两次大规模修筑长城以御突厥。据《隋书》记载,大业三年(607年)七月,隋炀帝第一次北巡途中,"兴众百万,北筑长城,西距榆林,东至于、紫河,二旬而罢。"更向河套外东北方延伸,在突厥可汗牙帐以南修筑防线,当时是为了隋炀帝出塞安全考虑而修的屏障。

大业四年(608年),隋炀帝杨广第二次北巡途中又征男丁二十万修筑长城,自榆谷而东,西衔开皇中修至朔方的长城,并将朔方以东的城、堑改造为长城,向燕、代一带延伸。史称"发丁男二十万筑长城,自榆谷而东。"且《隋书·五行志》中记

第六章　尚武猛进，开疆扩土壮豪情

载："大业四年，燕、代源边诸郡旱。时发卒百余万筑长城"。

至此，隋初以来一再兴师动众修筑的长城已经渐趋完善而告一段落。看到修筑日趋完善且规模宏大的长城，隋炀帝不禁志满意得，于是洋洋洒洒地写下了千古名篇《饮马长城窟行》。此作显示出炀帝对于国政有着恢弘的抱负，并且戮力付诸实现。

饮马长城窟行

示从征群臣

肃肃秋风起，悠悠行万里。

万里何所行，横漠筑长城。

岂台小子智，先圣之所营。

树兹万世策，安此亿兆生。

讵敢惮焦思，高枕於上京。

北河秉武节，千里卷戎旌。

山川互出没，原野穷超忽。

撞金止行阵，鸣鼓兴士卒。

千乘万骑动，饮马长城窟。

秋昏塞外云，雾暗关山月。

缘岩驿马上，乘空烽火发。

借问长城侯，单于入朝谒。

浊气静天山，晨光照高阙。

释兵仍振旅，要荒事万举。

饮至告言旋，功归清庙前。

重读隋炀帝
——中国帝王史上极具才华的诗歌向导

《饮马长城窟行》一曰《饮马行》。长城,秦所筑以备胡者。其下有泉窟,可以饮马。古辞云:"青青河畔草,悠悠思远道。"

隋代之前,建安七子之一陈琳、三国文学家陆机、汉朝文学家王褒都写过《饮马长城窟行》。然陈诗悲壮凄惨,"连连三千里"的长城尽是"死人骸骨相撑柱",修筑长城给人们带来了深重的灾难。陆诗仅写出环境的残酷和边防的压力,体现不出昂扬奋发的精神风貌。王褒未必到过长城,但他生活在北方,仍可凭生活经历表现边塞苦寒之状。比较而言,隋炀帝杨广的《饮马长城窟行》写得豪迈劲健,意气风发。

此诗用乐府旧题展现大漠风光,表现了一个帝王为黎民百姓征战塞外的豪情。但是,在史诗上却是一首气格高古的乐府之作。其中,"万里何所行,横漠筑长城。"表现了他效仿秦始皇修建长城,开凿贯穿南北的大运河,效仿汉武帝北征突厥的雄心壮志。诗作的开头几句也描述了隋炀帝杨广修筑长城并非是一时之意气,而是千秋万岁之功业,旨在永久性的解决边患,以有效地保证其大隋帝国的太平天下。这是隋炀帝杨广的政治理想、诉求以及一己之人生追求。虽然,当朝就有高颖、宇文等人认为修筑长城殊非急务,唐太宗后来也对隋炀帝修筑长城不以为然。

此诗气魄恢弘,颂扬了修筑长城的历史功绩,还表明了隋朝军队强大的威势。可以说,这些诗歌充分证明了他开阔的心胸和作为帝王的霸王之气。

而且,在诗中先说"横漠筑长城"的重要性,接着描写鸣

第六章 尚武猛进，开疆扩土壮豪情

金击鼓"千乘万骑动，饮马长城窟。"的壮观场面，结尾写功成凯旋，气象恢弘，劲健峭拔，其中，"秋昏塞外云，雾暗关山月。"两句写出了塞外的秋寒，于苍茫高古中透出一股清挺之气。"浊气静天山，晨光照高阙"一扫陈琳等人诗中愁苦沉滞的气氛，呈现出光明奋发的情景。最后，诗歌的结尾写功成凯旋，气象恢弘，劲健峭拔，当为隋诗中的杰作。

同时，《隋书·炀帝纪》载大业四年（公元608年）三月"乙丑，车驾幸五原，因出塞巡长城"。杨广感慨长城工程浩大，但修城备胡，泽被万世，不敢有丝毫的懈怠。"树兹万世策，安此亿兆生。讵敢惮焦思，高枕于上京。"可以说是隋炀帝杨广当时心情的真实写照。其中"万世策"、"亿兆生"充分体现了隋炀帝的政治理想和宏愿。也因为有了这种宏阔之构想，使其诗作中的语境显得气势张扬、激昂开阔。如中间一段"山川互出没，原野穷超忽。摐金止行阵，鸣鼓兴士卒。千乘万骑动，饮马长城窟。秋昏塞外云，雾暗关山月。缘岩驿马上，乘空烽火发。"这种气势可谓是惊天地泣鬼神了。

《古今诗选》中选有炀帝的《饮马长城窟行示从征群臣》，引用了清人沈德潜的评语："气体阔达，而骨力未能振起，故知风格初成，菁华未备。""风格初成"却已"气体阔达"，这个说法应是公允的。

对此，张玉谷《古诗赏析》（卷二十二）云："通首气体阔大，颇有魏武（曹操）之风。"全文刚健质朴，确实是一首优秀的边塞诗，与齐梁萎靡少质的诗歌截然不同。而中国文学学者刘大杰先生提到此诗时评价说："'秋昏'二句，又以'云

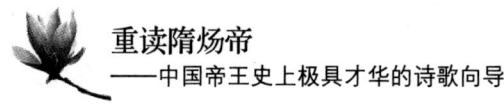

重读隋炀帝
——中国帝王史上极具才华的诗歌向导

昏'、'月暗'来渲染大军压境的杀气和威力,写得气势凛然,形神兼备,'尤为高古清俊'。"

"借问"句至终篇,写凯旋心情,这是一种虚拟的写法,那种"饮至告言旋,功归清庙前。"的胜利的喜悦,实际上是一种人格实现的喜悦,是一种自信心无限增强的愉悦。此诗通篇表现出了一种健康的上升时期的政治气象和帝王情怀。

由此,《饮马长城窟行》奠定了隋炀帝的诗文在中国文学、诗歌史上的重要地位。所以,隋炀帝杨广巡狩过程中所作的《饮马长城窟行》,堪称是千古名篇,且为唐人写边塞诗开启了先河,开启了唐人边塞诗的写作序幕。

另外,隋炀帝杨广的《饮马长城窟行》也是落实文帝斥华反朴的政治主张。虽然,其重点在于政治,在于人才选拔,而非针对文学。但中国古代政治和文学从来都是没有明确界限的,在这样的反"文"尚"质"的空气里,隋朝的宫廷文学里出现了若干正统儒家气息甚浓而几乎没有多少诗意的作品。

隋炀帝杨广也十分拥护这样的方针,所以他此时的诗文决不去写风云月露,而全部出之以"雅体"。好在他的文学修养要比那些御用文人高明得多,作品仍然比较可读,甚至不乏优秀之作,其诗歌方面的代表作就是魏征在《隋书·文学传序》里特别提到的《饮马长城窟行》。

《隋书·文学传序》云:"高祖初统万机,每念斫彫为朴,发号施令,咸去浮华。然时俗词藻,犹多淫丽,故宪台执法,屡飞霜简。炀帝初习艺文,有非轻侧之论,暨乎即位,一变其风。其《与越公书》、《建东都诏》、《冬至受朝诗》及《拟饮

第六章 尚武猛进,开疆扩土壮豪情

马长城窟》,并存雅体,归于典制。虽意在骄淫,而文无浮荡。故当时缀文之士,遂得依而取正焉。所谓能言者未必能行,盖亦君子不以人废言也。"

所以说,隋炀帝杨广的《饮马长城窟行》整体上显示出一种质朴无华的文风,对南北诗风的交融碰撞以及对南方诗歌的引导起到了十分重要的作用。

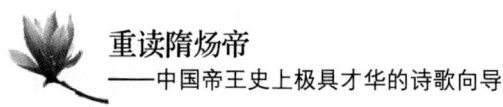

重读隋炀帝
——中国帝王史上极具才华的诗歌向导

滔滔下狄县，淼淼肆神州

征服吐谷浑，一直是西魏、北周和隋唐政策的既定目标。开皇元年（581年），隋文帝杨坚遣将率步骑数万攻打吐谷浑，兵出鄯州、趋青海、连战大捷、俘斩万计。但是，此后吐谷浑一直跃跃欲试，以图再起。开皇九年（589年），隋大军南下一举灭陈，吐谷浑震慑，有所收敛。开皇十六年（596年），吐谷浑可汗迎娶隋宗室光化公主，建立和亲关系，暂时相安。不过，矛盾却依旧存在。

隋炀帝杨广即位后，大业三四年间，吐谷浑又屡次入侵张掖，但多次未果，被守军击退。然而，处于河西走廊的张掖尚且被吐谷浑屡次侵袭，长此以往，西部边陲动荡不安。大业四年七月，隋炀帝杨广命大将宇文述攻打吐谷浑，吐谷浑见宇文述兵强，来势汹汹，遂西遁，虽大胜然祸乱未止。宇文述率领的隋军撤回后，吐谷浑伏允可汗又返回故地，大业五年隋炀帝决定对吐谷浑用兵、亲征西土。

同时，隋炀帝西巡的另一个目的是为了畅通丝绸之路，发展商业贸易。河西走廊是丝绸之路东段最便捷的主要通道，这

第六章 尚武猛进，开疆扩土壮豪情

条路早在西汉时期就已经使用。然而，现在吐谷浑屡次侵袭，已经使丝绸之路受到极大破坏。史称"突厥、吐谷浑分领羌胡之国，为其拥遏，故朝贡不通，丝路受阻。"

于是，大业五年（609年）三月，隋炀帝杨广率军从长安出发，四月大猎于陇西，到了陇川宫。过渭源时，恰逢少数民族使节贡物，留诗《临渭源》，记其所见所感，继而充满诗意地上了路。

且看其诗作：

临渭源诗

西征乃届此，山路亦悠悠。
地干纪灵异，同穴吐洪流。
滥觞何足拟，浮槎难可俦。
惊波鸣涧石，澄岸泻烟楼。
滔滔下狄县，淼淼肆神州。
长林啸白兽，云径想青牛。
风归花叶散，日举烟雾收。
直为求人隐，非穷辙迹游。

雄浑浩大、豪情汹涌的诗句在隋炀帝的边塞诗中屡屡可见。其中《临渭源诗》就十分具有代表性。《临渭源诗》中描写的诗句，境界壮美，笔调清新，风格别致。

"惊波鸣涧石，澄岸泻烟楼。滔滔下狄县，淼淼肆神州。长林啸白兽，云径想青牛。"纵目远眺，洪流吐穴，波惊涧石，气

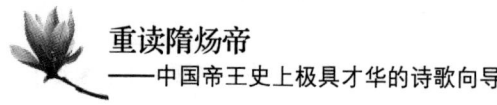

重读隋炀帝
——中国帝王史上极具才华的诗歌向导

势阔达,可谓笔势夭矫如龙。

同时,山路崎岖,渭水东流,两岸风景秀丽,俨然一幅生机勃勃的边塞春光图。字里行间,令人读来,犹如在欣赏一幅美景,而不觉身在塞外。但是,隋炀帝在描写景物的时候,虽然带有浓重的帝王之气,气势恢宏,但是其描写也不失其真,可以说其作诗收放自如,在对景物的把握中很好地把帝王之气和诗人的才情良好地结合在一起。

"淘淘下狄县,淼淼肆神州。"则写出了隋炀帝此次西巡的雄心壮志,气势宏大,气吞山河,显出其足够的自信和豪迈之情。实际上,此次西巡确实也不辱使命。

大业五年,五月甲午(二十八日)吐谷浑仙头王被围,率部落男女十万余口,六畜三十余万来降。六月伏云可汗南遁,率数千骑客逃于党项。

大业五年(公元609年)六月癸丑(十八日),隋炀帝设置西海、河源、鄯善、且末四郡,为隋朝西域四郡。

关于对渭源的描写,被誉为隋代诗人中艺术成就最高的司隶大夫薛道衡也曾应诗一首,题名为《奉和临渭源应诏诗》,我们不妨两相对比一下。

奉和临渭源应诏诗

玄功复禹迹,至德去汤罗。

玉关亭障远,金方水石多。

八川兹一态,万里导长波。

惊流注陆海,激浪象天河。

第六章　尚武猛进，开疆扩土壮豪情

> 鸾旗历岩谷，龙穴暂经过。
> 西老陪游宴，南风起咏歌。
> 庶品蒙仁泽，生灵穆太和。
> 微臣惜暮景，愿驻鲁阳戈。

比较之下，我们不难发现，薛道衡的诗歌就显得雍容典雅而缺乏实感，稍逊一筹了。可见，隋炀帝杨广的才情在当时诗坛可谓是首屈一指的。他不仅具有千古一帝的雄心壮志，还具有一位优秀诗人的艺术才能。

另外，对于隋炀帝杨广的《临渭源诗》，隋代秘书监柳顾言也曾有和诗一首，题名为《奉和春日临渭水应令诗》。仁寿初年，柳顾言为杨广东宫学士。炀帝即位后，拜秘书监。

下面，我们就一起赏读一下：

奉和春日临渭水应令诗

> 饮马投钱岸，解钓剖璜津。
> 风丝曳香饵，覆杯怀昔人。

不难发现，柳顾言的诗作《奉和春日临渭水应令诗》和隋炀帝杨广的诗作《临渭源诗》相比较，其雄壮豪放之气已经不复存在，柳顾言只是单纯地吟咏渭水，尤其是其最后两句"风丝曳香饵，覆杯怀昔人。"已然成为了纯粹的写景诗。显然，与隋炀帝杨广"惊波鸣涧石，澄岸泻烟楼。滔滔下狄县，淼淼肆神州。"是无法相提并论的。

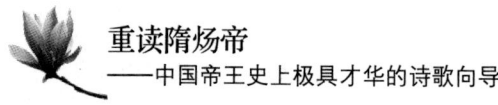

重读隋炀帝
——中国帝王史上极具才华的诗歌向导

如何汉天子,空上单于台

北方突厥始终是隋朝政治统治的一个隐患。隋文帝时期,自开皇元年(581年)突厥入侵隋朝开始,到仁寿二年(602年)东突厥臣服为止,共经历21年的时间,期间边患不断。但隋文帝杨坚通过各种军事和政治手段,打击了突厥的势力,仁寿二年突厥和隋朝力量此消彼长,边塞获得了一时的安定。但是,桀骜的突厥势力从来不甘于屈服,不安定的因素仍然存在。

仁寿四年(604年)隋朝杨广继任为帝,即隋炀帝。隋炀帝对北方突厥始终寄予极大的关注。大业二年(606年),启明可汗入朝觐见隋世祖明皇帝(杨广),隋炀帝召集全国乐人来招待他。次年,大业三年(607年),隋炀帝从京师出发,首次巡狩北方。隋炀帝到达榆林后,命宇文恺在郡城东设大帐,帐下备仪卫建旌旗,邀请东突厥启明可汗及契丹、库莫奚、霤族族长参加大宴并看散乐。诸部落既喜又惊喜,纷纷争献牛羊驼马千万头,其中启明可汗前后献马多达三千匹。对此,对炀帝也回赠了大量的丝帛织品,给予启明可汗一万两千段,给契丹、

第六章　尚武猛进，开疆扩土壮豪情

库莫奚、霫族等族长共计二十万段，而且还给予启明可汗特殊的尊崇的待遇，特许其"赞拜不名，位在诸侯王上"。隋朝因此获得了突厥各部的一时安定。

大业三年（607年）八月，隋炀帝从榆林出塞，北渡黄河，溯金河而东，亲巡云内。《隋书》曰："大业三年八月，帝北巡，车驾发榆林，历云中，溯金河，是天下承平，百物丰实。甲士五十馀万，马十万匹。旌旗辎重，千里不绝。"后来，唐太宗李世民赞道："大业之初，隋主入突厥界，兵马之强，自古以来不过一两代耳。"

而且，隋炀帝还命宇文恺专门设计并建造出大殿，称之为"观风行殿"，顾名思义，是一座可以行进的宫殿。史称"上容侍卫者数百人，离合为之，下旌轮轴，倏忽推移。"还有"行城"护卫，"周二千步，以板为干，衣之以布，饰以丹青，楼橹悉备，胡人惊以为神"。

这样一只出巡的队伍，震慑了塞外各族，使之以为是神功，每望见御营，十里外就跪伏叩头，走路不敢骑马。就这样，当隋炀帝到达启明可汗的牙帐时"启明奉觞上寿，跪伏甚恭，王侯以下袒割于帐前，莫敢仰视。"此情此景，隋炀帝得意极了，内心充满欢喜，于是当场赋诗一首，题名为《云中受突厥主朝宴席赋诗》。

云中受突厥主朝宴席赋诗

鹿塞鸿旗驻，龙庭翠辇回。
毡帷望风举，穹庐向日开。

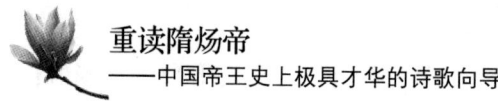

重读隋炀帝
——中国帝王史上极具才华的诗歌向导

> 呼韩顿颡至,屠耆接踵来。
> 索辫擎膻肉,韦韝献酒杯。
> 如何汉天子,空上单于台。

"谁能像我汉人的天子这样,独身一人来到单于的军帐内!"诗作的尾句"如何汉天子,空上单于台。"抒发了隋炀帝杨广的骄傲之情和豪放雄壮之气。且与久溺于南朝绮靡浮荡、北朝辞粗理缛的诗风相比,令人耳目一新。

一般来说,少数民族政权用于专门管理和统治其他民族的政治机构叫做单于台。自秦汉以来,北方边塞战争连绵不断,汉武帝虽然削弱了匈奴,但未根本解决"胡患",更没有中原王朝天子君临边塞的盛大场景。而隋炀帝以此作为对比,所以在诗中感叹"空上单于台",字里行间,显示出来隋炀帝"敢为天下先"征服突厥的豪壮之情。

诗作前几句"鹿塞鸿旗驻,龙庭翠辇回。毡帷望风举,穹庐向日开。呼韩顿颡至,屠耆接踵来。索辫擎膻肉,韦韝献酒杯。"则极尽了当时北巡的盛大场景以及突厥各部对圣驾的恭敬和欢喜之态。其描写场面之宏大,堪称无与伦比。

"边塞大旗飞扬,突厥王庭御驾亲临。突厥人张设好了接驾的庐帐,启明可汗屈膝下跪臣服。突厥的太子及大臣们也纷纷前来朝见。女子献上牛羊肉,男子献上美酒。"这一系列场景的描写可谓写尽了突厥的恭敬和天朝的威仪。

其中,"毡帷望风举,穹庐向日开。"对仗工整,动静结合,字里行间大开大合,取景远大,显示出隋炀帝作为大隋帝

第六章　尚武猛进，开疆扩土壮豪情

王的壮志豪情，对于征服突厥边塞、守卫疆土的自信豪迈。

而且，与其他的边塞诗不同的是，诗作中没有萧条凛冽的边塞气氛和激烈厮杀的战争场面，取而代之的是边塞的和平和民族间的友好景象。这样的边塞诗在边塞诗的国度里也属创举，可谓是风格标举。

另外，由此诗观之，隋炀帝既具有雄壮豪迈帝王之气，还具有作为"大诗人"的才情。所以，隋炀帝不仅是一个伟大的帝王，更是一个绝好的诗人，能够将所见、所感淋淋尽致地展现在人们的面前。只不过由于祖君彦的《讨隋炀帝檄文》，才将隋炀帝刻画成了一个人人得而诛之的暴君形象。

当然，这或许也因为关注点有所不同而已。但不可否认的是，隋炀帝作为一代帝王，一个诗人，确实有令人钦佩和折服之处。

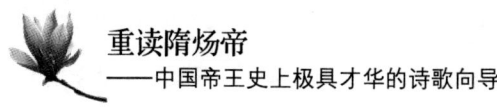

重读隋炀帝
——中国帝王史上极具才华的诗歌向导

会取淮南地，持作朔方城

"从军行"，常常会让人想起唐代诗人王昌龄的《从军行》，是边塞题材的著名绝句。而王昌龄的《从军行》写了戍边将士杀敌立功的决心和必胜的信念，从边塞景象写起，勾画出一幅极为辽阔的边地风光图。纵观全诗，写士子从戎，征战边庭的过程和心情，从而表达了国家有难，匹夫有责的使命感和建功立业的豪迈情怀，让人读来，不禁觉气势动人心魄。

其实，在唐朝之前，就已经有了很多气势恢宏的边塞诗作。边塞诗，是以边塞风光与军民生活为题材的诗作。一般认为，边塞诗初步发展于汉魏六朝时代，隋代开始兴盛，唐代进入发展的黄金时代。

作为边塞诗，隋代是开始兴盛的阶段，起着起承转合的重要作用。因此，要论边塞诗的发展，欣赏边塞诗的风姿，除了唐代边塞诗外，隋代边塞诗也是不能忽视的重要部分。其中，在隋代，隋炀帝的边塞诗就写得铿锵有力，动人心肠。

在文学上，隋炀帝杨广是一位杰出的诗人和功不可没的文

第六章　尚武猛进，开疆扩土壮豪情

坛领袖。虽然隋炀帝杨广为晋王时，曾镇守江都达十年之久，即位后又数次巡游江都，长期受到南朝文学的影响和熏陶，但是他并没有把文学带向宫体诗的死胡同，而是冲破梁、陈宫体和宫廷之外的山水风光，从而使隋代文学出现了生机和活力。

毕竟，隋炀帝杨广和南朝那几个亡国之君是大不相同的，炀帝并非从小生活在深宫与脂粉丛中，而是跟随父亲隋文帝杨坚历经戎马，平陈打天下。十三岁那年，即任并州总管，封晋王，辅助他的又是以刚毅著称的王韶、李彻。《隋书·炀帝纪》称其"沉深严重，朝野属望"，后来又南征北战，为隋朝的统一立下汗马功劳，因此他在即位之初，"慨然慕秦王、汉武之事"，"向往秦汉至规模"，想有一番作为，是不难理解的。这种生活经历和思想基础，自然会使其诗歌染上刚健豪迈、气势恢宏的色彩。

尤其是隋炀帝杨广的边塞诗，刚健豪迈，气势恢宏，颇有魏武之风。清代著名诗人、诗歌批评家沈德潜先生曾说："炀帝边塞诸作，铿然独异，剥极将复之候也。"对此，钱其博也说："炀帝焯有气调，稍救齐梁之靡。"可见，隋炀帝杨广的边塞诗是颇有成就的。而且，艺术上，隋炀帝杨广的边塞诗有不少值得后人借鉴的地方。

事实上，这和隋炀帝内在的性格也是有深厚的联系的。隋炀帝杨广尚武、豪侠、建立功名的关陇军事豪族的文化性格，对他的诗歌创作特色的影响可谓是极其深远的。虽然他深受南方文化的熏染，但他并没有流于南方绮艳的宫廷诗风，而是与自身的文化性格与气质相融合。因此，隋炀帝杨广的魄力和气

重读隋炀帝
——中国帝王史上极具才华的诗歌向导

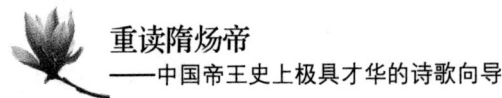

度,自负才情率性而为的性格,雄浑浩大的帝王气,关陇军事豪族雄豪意气,同时又吸收南方诗风的缤纷、縟丽之词藻,精密的声律,最终形成了其雄深雅健、矫然独异的边塞诗歌风格。

其中,隋炀帝的边塞诗有不少都与长城有紧密的联系。即位之后,隋炀帝胸怀远大的理想和抱负,具有昂扬的斗志,积极开拓,并对北方的突厥始终寄予极大的关注,一再亲巡和竣修长城以作防御。在这个过程中,隋炀帝留下了很多气势恢宏的边塞诗。大业三年(607年),隋炀帝首次巡狩北方,《从军行》就是其次巡狩北方途中的作品。下面我们一起来欣赏一下这首佳作。

从军行

二边烽乱惊,十万且横行。
风卷常山阵,茄喧细柳营。
剑花寒不落,弓月晓愈明。
会取淮南地,持作朔方城。

《从军行》气势雄浑,显示了隋炀帝杨广扫平边患,四海归一的雄心壮志。诗作的前两句"二边烽乱惊,十万且横行。"描写了汉朝时,匈奴来犯,气势汹汹,朝廷则拨大军纵横于边塞,而我军面对强敌不惧刀剑,英勇抵抗。"二边烽乱惊"描写了匈奴的疯狂进攻,"十万且横行"描写了汉军沉着应战,而且呈现了一种开阔的意境。

接着"风卷常山阵,茄喧细柳营。"意境开阔,描写了行军

第六章　尚武猛进，开疆扩土壮豪情

作战的气势雄浑，表现了隋军军容强盛以及保家卫国的豪情壮志，且字里行间展望了隋军胜利的前景，格调昂扬向上，体现了一种"大国之气"、"强国之音"。其中"常山阵"是指兵法上首尾呼应的阵法，阵势如常山之蛇，故称此名。"细柳营"是指周亚夫当年驻扎在细柳的部队。汉文帝年间匈奴侵犯大汉，汉文帝命周亚夫驻扎在细柳，由于周亚夫治军有方，最后赢得了胜利，所以他的部队又称之为"细柳营"。

"剑花寒不落，弓月晓愈明。"进一步描写了战斗的场面：两军对垒，不畏严寒的士兵手中剑上的霜花凝而不落，通宵巡逻的哨位伴着弦月直到天明。描写了战斗的壮烈，表达了汉军英勇作战、不畏强敌的大无畏精神。

最后两句诗"会取淮南地，持作朔方城。"说明了心志：一定会像当年汉武帝收复河套般驱除入侵者，在那收复之地也建一座朔方城般的胜利之城。这两句诗化用历史典故，表达了隋炀帝杨广自比大汉皇帝，立志要做出一番大事业，使得四夷归附，四海澄清的壮志雄心。

其中"会取淮南地"是指代汉高祖平定淮南王叛乱。"朔方城"是汉武帝在河套地区修筑的城池，并设置朔方郡、五原郡，从内地迁徙十万人到那里定居，还修复了秦时蒙恬所筑的边塞和沿河的防御工事。这些是以西汉对匈奴的第一次大战役为背景的。当时，卫青大败匈奴，活捉敌兵数千人，夺取牲畜一百多万头，完全控制了河套地区。至此，不但解除了匈奴骑兵对长安的直接威胁，也建立了进一步反击匈奴的前方基地。

通读此诗，可见隋炀帝边塞诗闳丽壮观，刚健豪迈，气势

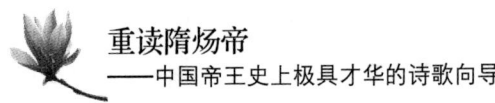

重读隋炀帝
——中国帝王史上极具才华的诗歌向导

恢宏,确有魏武之风。更为重要的是,这些边塞军旅诗歌在文学史上确有扭转颓风,开启唐音的重要意义。

而且,隋炀帝的边塞诗能在百年陈梁诗音靡靡之中,恢复汉民族的诗歌的风骨与精神实属难得。可以说他开创了"盛唐之音"的辉煌大气的阳刚之美,"济苍生""安社稷"一直是盛唐诗歌的重要精神,他可谓唐诗之祖。比如,唐代诗人杨炯的诗作就很好地体现了这一点。下面,我们就一起欣赏一下。

从军行

烽火照西京,心中自不平。
牙璋辞凤阙,铁骑绕龙城。
雪暗凋旗画,风多杂鼓声。
宁为百夫长,胜作一书生。

唐代诗人这种建功立业之志是积极向上的,但是不难发现,这冥冥之中受到了隋炀帝杨坚的深刻影响。正如明末著名学者陆时雍所说:"陈人意气恹恹,将归于尽。隋炀起敝,风骨凝然。"因此,隋炀帝杨广的边塞诗是颇有成就的。

第六章　尚武猛进，开疆扩土壮豪情

方当销锋散马牛，旋师宴镐京

对于隋唐年间，任何一位有作为的君主，大举征辽，彻底厘清辽东边患，都是必需要做的事情。仁寿四年（604年），晋王杨广即位，是为隋炀帝。此时，隋朝国力强盛，为了收复辽东，也为了震慑其他少数民族，隋炀帝先后三次发动了进攻高丽的战争。为了收复辽东，隋炀帝进行了积极的准备。

大业四年（608年）初，诏发黄河以北诸郡男女百余万开永济渠使大运河经黄河北通涿郡。次年，在涿郡修建临朔宫作为他的行辕，以便亲自指挥战争。大业六年（610年），令"天下富人，量其资产"，出钱买马，"于是马匹至十万"；又"复点兵器仗皆令精新"（《隋书·食货志》）。大业七年（611年）二月，下诏讨高丽，造船于东来海口，养马于山东，并亲至涿郡，征天下兵，无问远近，俱会于涿，积米于泸河、怀远二镇。金毓绂《东北通史》载：泸河、怀远镇皆在辽河迤西，或谓泸音近狼近凌，泸河即古之白浪水，今之大凌河，亦有谓即今小凌河者，二者必居其一，而镇必傍于是水也。

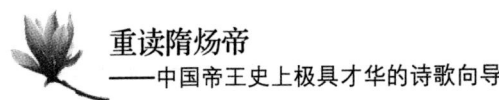

重读隋炀帝
——中国帝王史上极具才华的诗歌向导

大业八年（612年）初，四方军队皆集中于涿郡，隋炀帝下令大举进军。陆路出24道左右各12军。每军设大将、亚将各一人，统帅骑兵40队，步率80队。又有辎重、散兵等4团，由步兵护送而行。又在每车特置受降使者一人，"承诏慰抚，不受大将节制"。隋炀帝又令右翊卫大将军来护儿统帅的水军，由东莱出发，浮海先进。隋军"一百一十三万三千八百人，号二百万，其馈运者倍之"，"近古出师之盛，未之有也"（《资治通鉴》卷181）。隋炀帝收复辽东的决心是很大，但他所命诸将各率一军出24道，是以壮军威。查诸实际，隋共有9军30.5万人（不包括后勤100多万民力）。

是年三月，隋炀帝亲征，引军度辽水，围辽东城，不克。据《资治通鉴》（181卷）记载："三月癸巳，上始御师，进至辽水，众军总会，临水为大阵，高丽兵阻水拒守，隋兵不得济，帝命工部尚书宇文恺造浮桥三道于辽水西岸，既成，引桥趣东岸，桥短不及岸丈余，高丽兵大至，隋兵骁勇者，争赴水接战，高丽兵乘高击之，隋兵不得登岸，死者甚众，麦铁杖跃登岸，与虎贲郎将钱世雄、孟义等皆战死，乃领兵引桥，复就西岸，更命少府监何稠接桥，二日而成，诸军相次继进，大战于东岸，高丽兵大败，死者万计，诸军乘胜进围辽东城，即汉之襄平也。车驾度辽，因下诏赦天下，命刑部尚书卫文升、尚书右丞刘士龙抚辽左之民，给复十年，建置邑县，既而城久不下，六月己未帝幸辽东城南，观其城池形势，因诏诸将请责之，帝即留城西数里，御六合城，高丽诸城坚守不下。"来护儿所统之水师，亦败于城下，"士卒还者不过数千人"，"资储器械巨

第六章　尚武猛进，开疆扩土壮豪情

万计，失亡荡尽"。至此，隋炀帝杨广第一次收复辽东的战争以失败而告终。

大业八年（612年），回师长安。在回师途中，隋炀帝为了表达继续征战高丽的迫切心情以及决胜的信心，作诗一首，题名为《纪辽东二首》。

纪辽东二首（杂言）

辽东海北翦长鲸，风云万里清。
方当销锋散马牛，旋师宴镐京。
前歌后舞振军威，饮至解戎衣。
判不徒行万里去，空道五原归。

诗篇格调高昂，充满着豪迈乐观的精神，辽东海北任我驰骋，风雪自会消散，只等凯旋而归，歌舞相庆，字里行间显出此战必胜的勃勃雄心。其中"销锋"是指收刀入鞘的意思，"旋师"即回师，"镐京"是指西周国都，"饮至"是指古祭礼名，帝王朝会诸侯或征伐来归，饮于宗庙，谓之饮至。诗中"方当销锋散马牛，旋师宴镐京。"描绘了旋师宴饮的场景，"前歌后舞振军威，饮至解戎衣。"描绘了歌舞振军威的场景，表达了隋炀帝杨广雄心不已，以及对征辽胜利的展望。

秉旄伏节定辽东，俘馘变夷风。
清歌凯捷九都水，归宴雒阳宫。
策功行赏不淹留，全军藉智谋。

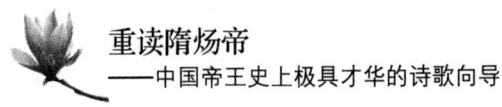

重读隋炀帝
——中国帝王史上极具才华的诗歌向导

讵似南宫复道上,先封雍齿侯。

《纪辽东二首》其二中也有"清歌凯捷九都水,归宴雒阳宫。"的诗句,于激越的诗情中充溢着必胜的信心。"策功行赏不淹留,全军藉智谋。"自信乃至自负之情毕献纸上,反映了隋炀帝杨广征伐辽东不可一世的帝王心态。

第一次征辽虽然以失败而告终,但是我们会发现隋炀帝的边塞诗从没有忧郁和惆怅,从没有对战争的胜利有过怀疑,观其诗篇不仅没有颓废之言,而且顿觉豪情满怀,高昂乐观之情溢满诗篇。这就是一代帝王的雄壮豪情。也正是因为这股豪壮之气,使得此诗气势豪迈,气魄宏大,具有劲健、峭拔、苍茫的豪雄之气,也反映出隋炀帝杨广本人雄健自信,激昂的理想主义一目了然。

可见,隋炀帝杨广具有坚忍的心性和不达目的誓不罢休的豪情。同时,从这首《纪辽东二首》也为隋炀帝杨广第二次征辽埋下了伏笔。

同时,"汉学伟人"萧涤非先生就《纪辽东二首》有如是评价:"在炀帝所造诸新声曲中,惟《纪辽东二首》,颇得乐府叙事之遗意。然而词旨浮夸,骄亦甚矣。"事实上,《纪辽东二首》,从文学创作的角度来说,浮夸无可厚非,从政治角度来看,当时的隋炀帝杨广虽然遭遇第一次征辽的失败,但是对于第二次征辽东却是满怀信心,根本没有想到失败。因此,隋炀帝杨广诗作中的"方当销锋散马牛,旋师宴镐京。前歌后舞振军威,饮至解戎衣。"和"秉旄伏节定辽东,俘馘变夷风。清歌

第六章 尚武猛进，开疆扩土壮豪情

凯捷九都水，归宴雒阳宫。"这些句子，并不是在自欺欺人，而正是心中所想。

另外，虽然说隋炀帝杨广此次收复辽东的战争，从统一全国，取消地方民族割据政权方面来看，是有一定的积极意义的。但由于隋炀帝动用全国的大量人力、物力和财力连年用兵辽东，给人民带来了深重的灾难，加剧了国内的阶级矛盾。从国内形势来说，征辽搞乱了政治局面，引起了天下骚动。一场深刻的亡隋危机，正在悄然拉开序幕。

不过，事实上，隋炀帝杨广所做的一切为唐朝盛世的开启做了非常必要的奠基工作，对后世却是有极大的积极作用的。

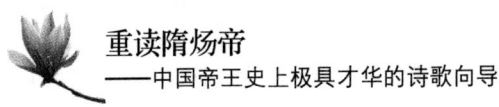

重读隋炀帝
——中国帝王史上极具才华的诗歌向导

英明欺卫霍，智策蔑平良

面对日益高涨的农民起义，勇武高才的隋炀帝杨广从未放在心上。大业九年（613年），为收复辽东，隋炀帝杨广重整旗鼓，再次亲征高丽。这次，他吸取第一次远征失败的教训，在部署上作了改变。先修辽东古城，以储备军粮，隋炀帝杨广旋幸辽东。

据《资治通鉴》（182卷）记载："九年正月丁丑，诏集天下兵集涿郡，修辽东古城，以储军粮，三月戊寅幸辽东。"此次征辽，盖为偾兵（败兵），炀帝曰："高丽小虏，侮慢上国，今拔海移山，犹望克果，况此虏乎，其情乃见。"

是年四月，隋炀帝杨广率军渡辽水，攻辽东城，结果仍不能克。《资治通鉴》（182卷）中记载："四月庚午，车驾度辽，壬申，遣宇文述与上大将军杨义臣趣平壤，左光禄大夫王仁恭出扶余道，仁恭进军至新城，高丽兵数万拒战，仁恭帅劲骑一千击破之，高丽婴城固守，帝命诸将攻辽东，听以便宜从事，飞楼撞云梯地道，四面俱进，昼夜不息，而高丽应变拒之，

第六章 尚武猛进，开疆扩土壮豪情

二十余日不拔，主客死者甚众。"

六月，隋炀帝杨广忽然听到杨玄感起兵造反的消息。这一消息彻底打乱了隋炀帝征辽的全盘计划。杨玄感是已故权臣杨素的儿子，以父杨素的功劳而位居柱国，任礼部尚书。但是，对于其父杨素的死，杨玄感一直耿耿于怀，因为他早已知晓隋炀帝才是夺取父亲杨素性命的罪魁祸首。"素不死，终当夷族"，在杨玄感的心中每每想起就对隋炀帝杨广恨之入骨。所以，杨玄感利用其父遍布朝堂的门生故吏关系，一直蓄谋反隋。然而，此时杨玄感起兵无疑给了隋炀帝当头一棒。

《资治通鉴》（182卷）中记载："辽东久不拔，帝遣造布囊百余万口，满贮土，欲积为鱼梁大道，阔三十步，高与城齐，使战士登而攻之，又作八轮楼车，高出于城，夹鱼梁道，欲俯射城内，指期将攻，城内危蹙，会杨玄感反书至，帝大惧，庚午夜二更，帝密诏诸将，使引军还，军资器械攻具，积如丘山，营垒帐幕按堵不动，皆弃之而去。"这样，隋炀帝第二次收复辽东这场本应胜利的战争，被杨玄感的反叛而扰，再告失败。

这时，隋炀帝有些许的失落和功到垂成的遗憾。但是隋炀帝杨广并没有因此而心灰意冷，他的心中依然抱定着征辽必胜的信心。于是，隋炀帝有感特留诗一首，题名为《白马篇》。

白马篇

白马金具装，横行辽水旁。

问是谁家子？宿卫羽林郎。

文犀六属铠，宝剑七星光。

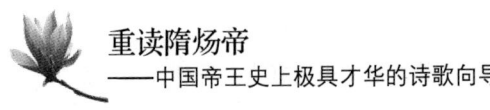

重读隋炀帝
——中国帝王史上极具才华的诗歌向导

山虚弓响彻,地迥角声长。
宛河推勇气,陇蜀擅威强。
轮台受降虏。高阙翦名王。
射熊入飞观,校猎下长杨。
英明欺卫霍,智策蔑平良。
岛夷时失礼,卉服犯边疆。
徵兵集蓟北,轻骑出渔阳。
进军随日晕,挑战逐星芒。
阵移龙势动,营开虎翼张。
冲冠入死地,攘臂越金汤。
尘飞战鼓急,风交征旆扬。
转斗平华地,追奔扫大方。
本持身许国,况复武功彰。
曾令千载后,流誉满旗常。

隋代边塞诗中,隋炀帝杨广、学士王胄、中书舍人辛德源各有一首《白马篇》。其中,辛德源诗作短小,虽写游侠但尚欠精神气质。王胄诗作模仿曹植《白马篇》的痕迹比较浓,如将"仰手接飞"仅改一字而成"仰手接飞鸢","捐躯赴国难"变成"宁惮微捐躯"。相比之下,隋炀帝杨广的诗作却写得意态雄放、气势如虹。

曹植笔下的"幽并游侠儿"和王胄笔下的"长安恶少",在隋炀帝杨广的诗中变成了"宿卫羽林郎",装备精良,身份尊贵,远非游侠、恶少可比。更为重要的是,诗人开阔的地理视

第六章　尚武猛进，开疆扩土壮豪情

野也得到充分的展现，辽水、宛河、陇蜀、轮台、高阙、蓟北、渔阳，几乎涉及隋代版图的东西南北。隋炀帝南下江都，北巡塞外，西出玉门，东至辽东，若非丰富的亲身经历和感受，断然写不出如此雄壮的诗篇。且诗作的意境高远，体现了江山一统带给诗人宽广的胸怀和非凡的气势。

细细读来，隋炀帝杨广的《白马篇》犹如一幅场面热烈的征战图，给人以强烈的感召力和壮丽豪阔之感，充溢着一股劲健雄放之气。"岛夷时失礼，卉服犯边疆。徵兵集蓟北，轻骑出渔阳。进军随日晕，挑战逐星芒。阵移龙势动，营开虎翼张。冲冠入死地，攘臂越金汤。尘飞战鼓急，风交征旆扬。"通过不厌其烦的铺陈描写，对白马将军作了细致的刻画。可以看出，隋炀帝杨广对诗歌中的白马将军的形象是非常喜爱、非常欣赏的，这或许有杨广回忆年轻时的顾影自怜，但也寄寓了杨广渴望得到这样的助手以帮助自己实现理想抱负的迫切期待。

"阵移龙势动，营开虎翼张。冲冠入死地，攘臂越金汤。尘飞战鼓急，风交征旆扬。"从宏观和微观两方面去描写战争，写出了鏖战正酣的淋漓气势，激昂飞扬。"本持身许国，况复武功彰。曾令千载后，流誉满旗常。"诗作中追求生命价值实现的主体意识，展现了强烈的自信和进取精神，这与唐人"宁做百夫长，胜作一书生。"有异曲同工之妙，体现了奋发昂扬的精神。

而且，诗人从各个侧面铺陈描写白马将军的形象，塑造了一个武艺高强、能征善战、持身许国的白马将军形象。这显然是受到南方诗风的影响。此诗用精美的语言勾勒形象，同时又

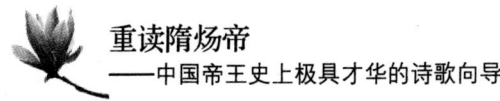
重读隋炀帝
——中国帝王史上极具才华的诗歌向导

酝酿诗情,把歌颂对象置于紧张热烈的战斗场面中,形成了独特的艺术风格。此乃隋炀帝雄浑浩大、粗犷慷慨的北地风格吸收语言精美、铺陈雕饰的南方诗风特点,从而形成他边塞诗雅正的艺术特色。

同时,与曹植的《白马篇》相比,二者都充满了青年战士的忠诚、勇敢;在此诗主人公的眼里,历史上的名将(如霍去病、卫青)和谋士(如陈平、张良)全都不在话下,敌人在自己面前显得不堪一击。全诗一气呵成,神采飞扬,自是杰作。此诗语言精美,雅正典则。诗歌中也描绘了战斗的宏大场面,既给人以身临其境的真实感,又营造出了苍茫雄健的风格。

另外,《白马篇》比《饮马长城窟行示从征群臣》更有才情,其诗阔达。写战士们英勇杀敌,南征北战,开头"横行"两字用得很生动,很有气势。这首诗描写一个驾驭白马的羽林郎的侍中,还渲染他东征西伐的武功,借羽林郎的功绩,"英明欺卫霍,智策蔑平良。"将自己比喻为汉高祖、汉武帝,具有与其平肩的文韬武略和显赫战功。

实际上,在南北朝时,因为南北对峙,大大小小的战争次数很多,南方的诗人们也颇有边塞题材的篇什,甚至连全无心肝最为腐朽的陈后主陈叔宝(公元553年~604年)也曾经在诗里涉及边塞,但这些诗人全都没有到过真正的边塞,不少人甚至没有经历过真正的战争,而且缺少内在的豪情,他们在诗里安排若干边塞的地名,只是一些企图引起读者联想的符号而已,这些诗篇往往在略写几句边塞之后,迅即转向后方的思妇并作比较细致的描写,结果自然是儿女情长,英雄气短,与其说是

第六章 尚武猛进,开疆扩土壮豪情

边塞诗,不如归入闺怨一类更为合适。当然,这里也有个别比较优秀的作品,但未能形成什么气候。杨广真到过边塞,也真打过仗,他青年时代又确实是朝气蓬勃的,他的边塞诗是重要的创作成果,为后来唐人大写边塞,开启了先河,提供了样板。因此,隋炀帝杨广的边塞诗不仅具有较高的艺术成就,而且对后世边塞诗的创作影响深远。

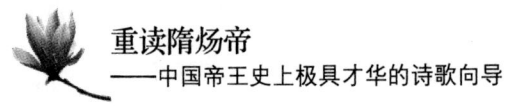

重读隋炀帝
——中国帝王史上极具才华的诗歌向导

隋炀帝大事记

北周天和四年（569年），隋炀帝杨广出生。

隋开皇元年（581年），周宣帝的岳父杨坚废周静帝为介公，北周灭亡。同时，杨坚自立为皇帝，筑大兴城为国都，改国号为隋，是为隋文帝，建元开皇。是年，杨广十三岁，封为晋王，拜柱国，出任并州总管。

开皇二年（582年），晋王杨广十四岁。

是年，晋王杨广任河北行台尚书，进位上柱国。

开皇四年（584年），晋王杨广十六岁。

是年，晋王娶萧妃，请乘衅图突厥，不许。

开皇六年（586年），晋王杨广十八岁。

是年，晋王杨广任淮南道行台尚书令，闰八月之后，进位雍州牧、内史令（就是宰相）。

开皇八年（588年），晋王杨广二十岁。

年仅20岁的杨广出任淮南行台尚书令，后被拜为隋朝兵马都讨大元帅，总管五十一万八千大军誓师出发，自长江上、中、下游南下伐陈。

开皇九年（589年），晋王杨广二十一岁。

是年，晋王杨广坐镇桃叶山指挥平陈，入城斩五佞，命陈叔宝致书上江、岭南，陈国皆平。返京献俘，拜太尉，改任并州总管。

开皇十年（590年），晋王杨广二十二岁。

是年，晋王杨广奉命到江南任扬州总管，与杨素一起并平定了江南高智慧的叛乱。

开皇十一年（591年），晋王杨广二十三岁。

是年，晋王杨广从戒师智智顗和尚受菩萨戒。而且，此时，晋王府学士多为南人。

开皇十九年（599年），晋王杨广三十一岁，入朝。

开皇二十年（600年），晋王杨广三十二岁。

是年，晋王杨广被任命为行军元帅，出灵武击破突厥，北上击败突厥进犯。是年，隋文帝杨坚第四子杨俊病死，长子杨勇被贬为庶人，立次子晋王杨广为皇太子。杨广率军北上击破突厥的攻势。

仁寿四年（604年）七月，晋王杨广三十六岁。

隋文帝杨坚病逝于仁寿宫大宝殿，太子杨广即皇帝位，杀死故太子杨勇。是年，杨谅因不满其兄隋炀帝杨广即位，遂起兵造反，后被杨素率兵击败，被幽禁至死。

大业元年（605年），杨广三十七岁。

隋炀帝杨广改元大业，开启了其波澜壮阔、毁誉难定的一生。是年三月，隋炀帝杨广诏任命尚书杨素为营建东京大监，

重读隋炀帝
——中国帝王史上极具才华的诗歌向导

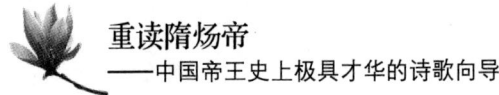

纳言杨达、将作大匠宇文恺为副监,每月役丁二百万,开展了大规模的营建工程。

是年四月,隋炀帝杨广下令开凿大运河,发河南、淮北民众前后百余万开通济渠。隋朝大运河以洛阳为中心,全长两千七百余里,是世界著名的伟大工程之一。后来,经过元朝取直疏浚,成为现今的京杭大运河,对中国的发展产生了深远的影响。

是年,隋炀帝杨广立萧妃为皇后,修筑皇家园林洛阳西苑。

是年,隋炀帝杨广第一次乘龙舟巡游江都,舳舻相接,二百余里,照耀川陆,无比气派。

是年,隋炀帝杨广兴办教育,擢拔人才。

大业二年(606年),隋炀帝杨广三十八岁。

经过一年时间,新都东京建成,隋炀帝杨广命洛阳居民及诸州富商大贾数万迁居新都。是年三月,隋炀帝杨广决定由江都返回东都。

大业三年(607年),隋炀帝杨广三十九岁。

是年,隋炀帝杨广改官制,增置殿内省,与尚书省、门下省、内史省、秘书省为五省;增谒者、司隶台,与御史台为三台;分太府寺置少府监,与长秋、国子、将作、都水为五监;又增改左、右翊卫等为十六府,改左、右卫为左、右翊卫,左、右备身为左、右骁卫,左、右武卫仍为旧名,改领军为左、右屯卫,加置左、右御卫,改左、右武侯为左、右侯卫,改领左、右府为左、右备身府,左、右监门仍为旧名;废伯、子、男爵,只留王、公、侯三等爵;改上柱国以下官为大夫,原上柱国以下至都督共十一等,现改为光禄,左、右光禄,金紫、银青光禄,正议,通议,朝请,朝散九大夫。此外,还改地方建制(如改州为郡),改度量衡制(基本复古)等。

隋炀帝杨广即位,以文帝刑法苛重,下敕牛弘等重修律令,除十恶之条。大业三年(607)四月,新律修成,颁行天下,谓之《大业律》。凡五百条,为十八篇:一曰名例,二曰卫宫,三曰违制,四曰请求,五曰户,六曰婚,七曰擅兴,八曰告劾,九曰贼,十曰盗,十一曰斗,十二曰捕亡,十三曰仓库,十四曰厩牧,十五曰关市,十六曰杂,十七曰诈伪,十八曰断狱。五刑之内,降重为轻的有二百余条。其枷杖决罚讯囚之制,并轻于旧。当时百姓久厌严刻,欢迎新律的颁行。不久,徭役四起,官司常不以法办事,贿赂公行,百姓无告,相聚为盗。炀帝便更立严刑。《大业律》又成具文。

大业三年(607)五月,隋炀帝为了北巡,征调河北十余郡丁男凿太行山达于并州(今山西太原西北),以通驰道。又"举国就役",从榆林北境,东达于蓟(今北京市),开广百步、长三千里的驰道。

隋炀帝为了向少数民族炫耀武力,大业三年(607)六月车驾北巡,进入突厥境,停驻榆林郡(今内蒙古准格尔旗东北十二连城),命令宇文恺作大帐,帐下能坐数千人。当时启民可汗率其所属奚、霄、契丹等部落酋长到帐下朝见炀帝。隋炀帝为他们大摆宴席,并欣赏散乐。他们看了又惊又喜,争着献牛羊表示敬意。除了招待他们以外,炀帝又给启民可汗两千匹锦缎以及车马鼓吹等,其他酋长也按等级送礼。

重读隋炀帝
——中国帝王史上极具才华的诗歌向导

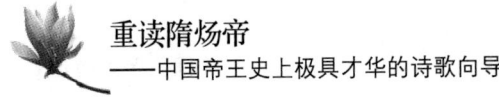

大业三年（607）七月，隋炀帝杨广发丁男百余万筑长城，西起榆林（今内蒙古准格尔旗东北十二连城），东至紫河（今内蒙古南部、山西西北部长城外的浑河，蒙古语名乌兰穆伦河）。

是年八月，隋炀帝杨广又从榆林郡出发，令宇文恺作观风行殿，上面可容侍卫数百人，下面装以轮轴，可以推移。又作行城。边区少数民族看了非常惊奇，每逢看见御营，十里外就跪伏叩头。炀帝又至启民可汗帐，皇后至义成公主帐，赐给启民可汗及公主每人一个金瓮。

是年九月，隋炀帝杨广命开直道九十里至御史大夫张衡宅，欢宴三日，返回东京。

大业四年（608年），隋炀帝杨广四十岁。

是年，隋炀帝杨广发河北百万众开永济渠。引沁水南通黄河，自今辉县东北至临清，顺卫河经今天津至涿郡（今河县），全长二千余里。

是年，隋炀帝杨广发丁男二十余万筑长城，自榆谷（榆林西）东伸。三月，隋炀帝杨广出巡到五原郡（今内蒙五原西南），又出塞巡长城。行宫设六合板城，周长一百二十步，高四丈二尺。

隋炀帝杨广"无日不治宫室"，是年四月，命于汾州（今山西汾阳）之北营建汾阳宫。

是年七月，隋炀帝杨广接受裴矩的建议，加强对西域的联系，攻打吐谷浑。裴矩使铁勒击吐谷浑，大破之，吐谷浑伏允可汗向东逃走，并遣使向隋请降求救。隋朝发兵迎伏允，伏允畏隋兵强盛，不敢向隋降，又率众向西遁去。隋兵追击，杀死、降获很多吐谷浑人口。伏允可汗南奔雪山，吐谷浑故地皆空，隋在其地设置郡、县、镇、戍，徙轻罪犯充实其地。

是年十月，隋炀帝杨广以右翊卫将军薛世雄为玉门道行军大将，与突厥启民可汗连兵击伊吾。薛世雄兵至玉门（今甘肃敦煌西北），启民可汗违约，兵不至，薛世雄率孤军渡过沙碛。伊吾以为隋军不可能来，故不设防，当得知薛世雄兵已过沙碛，非常害怕，乃请降。薛世雄于旧伊吾城东筑一新城，号新伊吾，留银青光禄大夫王威及兵士千余人戍守。

大业五年（609年）隋炀帝杨广四十一岁。

是年三月，隋炀帝杨广自西京西巡，渡黄河，陈兵讲武，以击吐谷浑。又西行至张掖（今甘肃）。裴矩送高昌王麴伯雅及伊吾吐屯设（意为突厥所置以守伊吾）厚利，并说之以利害，使其朝见隋炀帝。炀帝至燕支山，麴伯雅、吐屯设等二十七国迎接炀帝于路上。炀帝命武威、张掖士女盛饰而过，炀帝所带骑乘前后数十里，以夸耀隋朝的富足和兴盛。吐屯设向炀帝献地数千里，以之置西海（今青海湖西岸）、河源（今青海湖南境）、鄯善（今新疆罗布泊西南）、且末（今新疆且末县）四郡，调发戍卒，大兴屯田，抵御吐谷浑，以捍卫西域商路。

大业六年（610），隋炀帝杨广四十二岁。

是年，隋炀帝为了炫耀富足，彰显国力，使西域少数民族的使者和商人齐集洛阳。从正月十五夜开始，在天津街开设盛大的百戏场，给西域人演奏百戏。

是年三月，隋炀帝杨广再下江都，为了震慑东南各国远夷

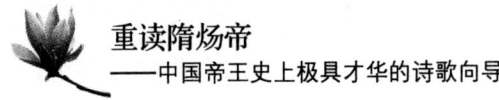

重读隋炀帝
——中国帝王史上极具才华的诗歌向导

彰显国力,大造宫室,命王世充领江都宫监。江都宫规模宏伟,装饰秀丽。在江都宫隋炀帝杨广还接见了从海路而来的各国使节。另外,杨广还在江都宴请了江淮名士,拉拢人心,巩固政权。

大业七年(611年),隋炀帝杨广四十三岁。

是年二月,隋炀帝杨广自江都(今江苏扬州)乘龙舟,入永济渠,赴涿郡(今北京市),下诏征讨高丽。此次征讨高丽总征全国各地的水陆兵,不论远近,会集涿郡。又发江淮以南水手一万人,弩手三万人,岭南排镩手三万人,全部奔赴涿郡。

是年,山东邹平人王薄率众于长白山(今山东章丘县境)起义,并自称知世郎,作《无向辽东浪死歌》以相号召,逃避兵役的人多归附之。而后农民起义此起彼伏。

是年五月,隋炀帝杨广至涿郡临朔宫,令河南、淮南、江南造戎车五万乘,发河南北民夫供应军需。

是年七月,隋炀帝杨广发江淮以南民夫及船只运黎阳及洛口诸仓米至涿郡,船队前后长达千途里,往还在路上的民夫经常有十万人,日夜不绝,死尸横遍道路,全国骚动。隋末民变爆发。

大业八年(612年),隋炀帝杨广四十四岁。

是年正月,隋炀帝杨广下诏誓师进攻高丽。陆路左右各十二军,共一百一十三万三千八百人,号称二百万,其馈运者倍之。令左十二军出镂方、长岑、溟海、盖马、建安、南苏、辽东、玄菟、扶馀、朝鲜、沃沮、乐浪等道,右十二军出黏蝉、含资、浑弥、临屯、候城、提奚、蹋顿、肃慎、碣石、东施、带方、襄平等道,总趋平壤。隋炀帝亲授节度,每军大将、亚将各一人;骑兵四十队,一百人为一队,十队为团;步兵八十队,分为四团。受降者一人,承诏慰抚,不受大将节制。其辎重散兵等亦为四团。每旦遣一军,相去四十里,连营渐进,军队共四十天才发完,首尾相继,鼓角相闻,旌旗亘九百六十里。隋炀帝御营内合十二卫、三台、五省、九寺,分隶内、外、前、后、左、右六军,随后出发,又亘八十里。水路由右翊卫大将军来护儿率江淮水军,出东莱(今山东掖县),浮海前进,船舰首尾相接数百里。出师之盛,可谓空前。

是年,第一次进攻高丽,辽东城久攻不下。七月,高丽军实施反击,隋军大败,溃不成军。八月,隋炀帝杨广下诏班师,以所得高丽地置辽东郡。

大业九年(613年),隋炀帝杨广四十五岁。

是年正月,隋炀帝杨广再次下令征各地兵集于涿郡(今北京)。募民为骁果,置折冲等郎官以统之。修辽东古城以贮军粮。恢复宇文述的官职,准备再击高丽。

是年四月,隋炀帝杨广至辽东,遣宇文述与上大将军杨义臣进军平壤,左光禄大夫王仁恭出扶馀道。王仁恭进军至新城,高丽兵数万拒战,仁恭帅精骑一千击破之,高丽婴城固守。炀帝命诸将攻辽东,飞楼、云梯、地道四面俱进,昼夜不息,而高丽应变拒之,二十余日不拔,双方死亡惨重。

是年六月,礼部尚书杨玄感于黎阳起兵,进围东都。隋炀帝杨广下令征辽军撤回。

是年八月,杨玄感为宇文述等追击,败死。

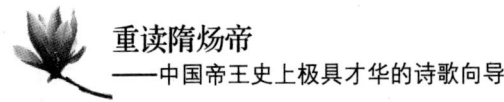

重读隋炀帝
——中国帝王史上极具才华的诗歌向导

是年十二月，隋炀帝杨广派江都丞王世充发淮南兵数万人讨伐起义军。

大业十年（614年），隋炀帝杨广四十六岁。

是年二月，隋炀帝杨广命百官讨论三征高丽，无敢言者，炀帝遂下诏复征天下兵，百道俱进，以击高丽。

是年三月，隋炀帝杨广至涿郡，士兵逃亡相继不绝，祭黄帝，斩逃亡者以血涂鼓，亦不能制止。

是年七月，隋炀帝至怀远镇，时农民起义遍于全国，所征兵多失期不至，高丽亦困惫，高丽王高元遣使请降。

是年八月，隋炀帝杨广下令班师回国。

大业十一年（615年），隋炀帝杨广四十七岁。

是年正月，隋炀帝杨广增秘书省官员一百二十人，并用学士增补，以进行修撰。又在观文殿前面营建书室十四间，以便读书著述。

是年八月，隋炀帝杨广第三次北巡，东突厥始毕可汗率数十万骑策谋截击，义成公主遣使告变，后隋炀帝驰入雁门（今山西代县）被围。

是年九月，隋炀帝杨广解围，返东都。

是年十月，隋炀帝杨广还东都，诏江都重造龙舟，共数千艘，制度大于旧者。

大业十二年（616年），隋炀帝杨广四十八岁。

是年正月，隋炀帝杨广令毗陵（今江苏常州）通守路道德集十郡兵数万人，于郡东南建造宫苑，周围十二里内，为离宫十六，仿东都西苑，而壮丽超过西苑。

是年四月，洛阳大业殿西院起火，隋炀帝以为起义军至，慌忙藏匿于西苑的草丛中，火被扑灭以后才敢回来。自此以后，隋炀帝杨广夜间经常惊悸，怀疑起义军至，常常只有命令几个侍女摇抚，才能入睡。

是年七月，隋炀帝杨广意志消沉，不顾大臣们的劝阻，三幸江都。这时的隋炀帝，只追求安乐，很少过问朝政。此时，百姓苦不堪言，纷纷起来反抗。

是年十二月，隋炀帝杨广以李渊为太原留守，以虎贲郎将王威、虎牙郎将高君雅为之副，发兵镇压甄翟儿叛军。后李渊被围，其子世民带精兵救援，击败甄翟儿。

大业十三年（617年），隋炀帝杨广四十九岁。

是年正月，窦建德据乐寿（今河北献县），称长乐王，置署百官，建元丁丑。

是年六月，李渊、李世民起兵晋阳，攻入长安，立代王杨侑为帝，遥尊炀帝为太上皇。

大业十四年（618年），隋炀帝杨广五十岁。

是年五月，宇文化及等在江都煽动兵变，弑逆隋炀帝。隋朝灭亡。

是年，李渊灭隋称帝，建立唐朝，改年号为武德，定都长安（今陕西西安市安南）。

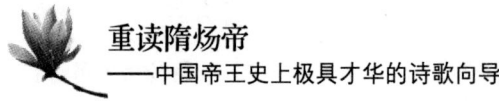

重读隋炀帝
——中国帝王史上极具才华的诗歌向导

后　记

　　统一南北，西巡张掖，科举兴，西疆宁，从大唐盛世的光彩中，我们或多或少地可见隋炀帝杨广的背影。确实如此，隋炀帝杨广对大唐盛世的开辟奠定了一定的基础。

　　事实上，在中国从门阀贵族政治向科举官僚政治转化，从门阀社会向门阀后社会转化的历史关头，西魏文帝宇文泰、北周高祖武皇帝宇文邕、隋文帝杨坚、隋炀帝杨广、唐太宗李世民、武周皇帝武则天六人都做出了历史性的贡献，其中，在政治改革中走得最远的是隋炀帝杨广和武则天。可这两位在历史上却也是脏水被泼得最多的。

　　对于隋炀帝杨广来说，无疑，隋炀帝是大暴君，只是，暴君并不是说就是昏君，隋炀帝虽然无德，但是有功。只是他的功业，在后人看来有太多的分歧，没有和百姓的"幸福感"联系在一起，所以才会有"巍焕无非民怨结，辉煌都是血模糊"的说法。换言之，罪在当代、利在千秋，或许这才是隋炀帝多被诟病的最大的问题。

后　记

也正是因为这样,在民间传说、戏剧和故事中,隋炀帝杨广的形象被人们随心所欲地歪曲了——当时的人民生活在一个无节制地使用权力、有豪华宫殿和享有无限声色之乐的世界中。其实,在中国的帝王中,隋炀帝杨广绝不是最坏的,从他当时的背景看,他并不比其他皇帝更加暴虐。而且,他很有才能,很适合巩固他父亲开创的伟业,而他在开始执政时也确有此雄心。

继位之后,隋炀帝杨广为御外敌开凿大运河,为适应经济发展营建东都,在中国发展史上都迈出了历史性的一步。而后又通西域,发展丝路,统一度量衡,在经济上可谓建功甚伟。

他早年平陈平叛,坐镇江都,对结束三百年的南北分裂做出了突出的贡献。后西巡东征,实施发展统一国家的战略,还有管制改革和影响深远地创设科举,这一切都使得隋炀帝成为中国历史上一位重要的改革家、最有作为的古代历史人物之一。

然而,他也是一个被专制政体戕害的天才,无限膨胀的权利,加上他急功近利、好大喜功,热衷于建功立业的抱负,使他罔顾百姓生产和生活,滥用民力,以至于损伤国本,使隋文帝杨坚开辟的大隋盛世急剧衰败。规模空前的农民战争和饥荒,造成数以万计生命的死亡,给隋朝人民带来了深重灾难。可以说,大发展的机遇给了隋炀帝施展抱负的机会,但是历史的机遇和隋炀帝的性格又把隋炀帝推向了一条不归之路。

可是,不可否认,隋炀帝杨广的文学成就是极高的。虽然,关于隋炀帝杨广的文学成就,由于历来学术界忽视隋代文学,尚未有深入系统的研究。然而对于齐梁诗风向盛唐气象的转变,

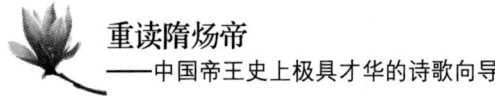

重读隋炀帝
——中国帝王史上极具才华的诗歌向导

杨广的创作是不可忽略的一环。尤其是在诗歌创作上,杨广做出了突出的贡献。

隋炀帝杨广创制新乐府,推动诗歌格律化的成熟,拓展诗歌题材,尤其以边塞诗歌开拓宏阔激昂的新气象,启发盛唐边塞诗的先声。他的诗歌一定程度上实现了南北诗风的融合,促进了南北诗风的融合发展。在齐梁至初唐这一段由南北诗风向盛唐气象转变的历史上,杨广的成就是不可忽视的。而隋代文学是南北朝文学的延续,又是初唐文学的前奏。隋炀帝杨广是其佼佼者之一。

隋炀帝杨广的诗歌多为乐府歌辞,内容或为应酬赠赐;或写声色游娱,显然沾染齐梁之风,不过颇有一些清丽明快之作。

当然,他也有显示帝王之尊的雅体,"虽意在骄淫,而词无浮荡",比如《饮马长城窟行示从征群臣》及《白马篇》二首,其中《饮马长城窟行侍从群臣》是为千古名篇。清代著名诗人沈德潜认为这类作品"气体自阔大,而骨力未能振起","比陈后主胜之"(《古诗源》)。由于他曾亲历塞上,远征辽东,故诗中描写的自然景物和戎马生活,也有其实践基础。他又有精工的诗句,如"流波将月去,潮水带星回"(《春江花月夜》),明代著名文艺批评家胡应麟以为"绝是唐律"(《诗薮·内编》),对初唐近体发展有一定影响。

而且,后代文人对隋炀帝杨广的诗篇评价也是极高的,"通首气体强大,颇有魏武之风。""混一南北,炀帝之才,实高群下。""隋炀起敝,风骨凝然。隋炀从华得素,譬诸红艳丛中,清标自出。隋炀帝一洗颓风,力标本素。古道于此复存。"

后 记

　　同时,《剑桥中国隋唐史》中言道:"隋炀帝毕竟是一位美好事物的鉴赏家、一位有成就的诗人和独具风格的散文家,他可能有点像政治美学家,这种人的特点可用以下的语言来表达:的确,自欺欺人也许是一个规律,因为带有强烈的艺术成分的政治个性具有一种炫耀性的想象力,它能使其个人的历史具有戏剧性,并使一切现实服从野心勃勃的计划。"

　　曹道衡、沈玉成在《南北朝文学史》中则更明确地说:"真正的气格上可以作为闳丽壮阔的唐音前奏,还只能是这个昏暴之君的作品。"所以,著名历史学家黄仁宇先生曾说:"隋炀帝杨广,天赋甚高,文笔华美,胸襟抱负不凡,也带有创造性格。这些长处,虽批判他的人也无法否认。"可见,隋炀帝的文学成就是为后人认可的。

　　北大中文系古代文学教授杜晓勤先生的评价更为中肯。杜晓勤先生指出:"隋炀帝杨广是隋代诗坛一个举足轻重的诗人。他虽然出自关陇军事豪族集团,但又迷恋江左文化艺术,善诗能文,所以他的诗歌创作成就很高,颇兼南北诗风所长。而且,他以帝王之尊提倡诗文,无地域之限制、诗风之偏见。三地诗人齐聚京师,互相唱和,切磋诗艺,多赖其力。然而,很久以来,人们由于受到种种非艺术因素的影响,对炀帝的诗歌创作成就以及在南北诗风融合过程中的作用认识不够,评价亦甚低。"

　　隋炀帝杨广《野望》:"寒鸦飞数点,流水绕孤村。斜阳欲落处,一望黯销魂。"《春江花月夜》:"暮江平不动,春花满正开。流波将月去,潮水带星来。"明清之际著名思想家王夫之评曰:"四句两联,特有贯珠之妙。"清朱乾云:"隋炀自负才

重读隋炀帝
——中国帝王史上极具才华的诗歌向导

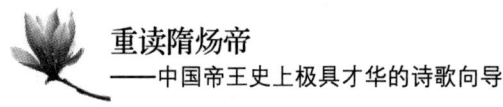

高,今观此词,未见其必亡国。如"暮江平不动",即唐人能手,无以过之。""隋炀诗文远宗潘、陆,一洗浮荡之言。惟录事研词,尚近南方之体。"

著名文学史家郑振铎对隋炀帝杨广诗文创作才华也揄扬不已,曾言道:"(杨)广虽不是一个很高明的政治家,却是一位绝好的诗人","他虽是北人,所作却可雄视南士。薛、卢之辈,自然更不易与他逐北。像他的《悲秋》,又像他的《春江花月夜》都是置之梁祖、简文诸集中而不能辨的。又有'寒鸦飞数点,流水绕孤村'的数语,曾为秦观取入词中,成为绝妙好词。"

可见,隋炀帝杨广的诗文在中国文学、诗歌史上占有十分重要的地位。王夫之评隋炀帝《泛龙舟》曰:"神采天成,此雷塘骨少年犹有英气。"而且,隋炀帝杨广《江都宫乐歌》形式上已经十分接近七律,可谓七律之祖。因此,隋炀帝杨广的诗歌地位不可小视,他起到承上启下的作用,能在百年陈梁诗音靡靡之中,恢复汉民族的诗歌的风骨与精神实属难得。可以说,隋炀帝杨广开创了"盛唐之音"的辉煌大气的阳刚之美,"济苍生""安社稷"一直是盛唐诗歌的重要精神,他可谓唐诗之祖。

也正是因为这样,隋炀帝堪称是中国历史上最具才华的诗词向导,对后世的诗歌创作起着至关重要的影响。只不过,隋炀帝杨广的文学成就一直被其"暴君"形象所掩盖,被人们避而不谈。

另外,隋炀帝杨广在推动南北文化交融方面也发挥了极为重要和关键的作用。隋朝实现统一之后,北人对于南方文化的佩服、羡慕以至于潜心求教,只是事情的一方面,另一方面,

后 记

北方又是军事领域的胜利者,赢得了政治上的正统地位,而在文化上要反过来认同被征服的南方,要克服诸如骄傲、厌恶、轻视、防范等必然引起的情绪,并非易事。在政治上充满了优越感的北方,同时又处于文化上的劣势地位,要在这种状况下,冷静地平视南方文化,在开皇九年(589年)以后的隋代,几乎是不可能的,这一点表现得相当明显。

比如被隋文帝杨坚称为"我平陈国,唯获此人"的许善心,入隋以后主要从事整理典籍、议定礼乐的工作。隋代著名文学家虞世基"直内史省。贫无产业,每佣书养亲,悻悻不平。"陆知命号称"三吴之望",又在平陈叛乱中立过功,但同样"数年不得调"。徐文远入关之后,"家贫无以自给",其兄至以鬻书为业。

这四个人在南朝都有相当高的地位或声望,许、虞二人更是盛名在外,连他们在隋代的仕途都如此艰难,其余可想而知,《隋书》的列传中就有许多这样的例子。

但是,隋炀帝杨广以皇子之尊、帝王之尊,亲近南人,对南方文士赏识有加,使得南北文化的交融有了实质性的进展,对隋朝的政治统治也起到了极大的巩固作用。

总之,隋炀帝杨广虽然在施政的过程中有失其度,晚期又醉心于声色,但是其所作出的贡献,以及在诗歌上达到的高度是不可否认的。作为一位政治家来说,隋炀帝或许不是一位明智的贤君,但是作为一位诗人,在当时他确是一面真正的旗帜,一位当之无愧的向导。